El reclamo del alfa

Renee Rose

Lee Savino

Traducido por
Vanesa Venditti

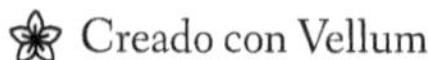 Creado con Vellum

Libro Gratis - La virgin y el vampiro

Quiere un libro gratis de Renee Rose y Lee Savino? Suscríbete a su newsletter para recibir *La virgin y el vampiro* y otro contenido especialmente bonificado y noticias de nuevos. https://BookHip.com/XJPQQXK

Libro Gratis de Renee Rose

Quiere un libro gratis de Renee Rose? Suscríbete a mi newsletter para recibir **Padre de la mafia** y otro contenido especialmente bonificado y noticias de nuevos. https://BookHip.com/NCVKLK

Capítulo uno

Paloma

Ni bien escucho el cierre de seguridad en la puerta de mi cuarto, corro hacia el armario.

Ropa negra, para que no me vean contra el edificio por la noche. Medias flexibles en los dedos, así puedo sostenerme de la mansión tallada en piedras ásperas.

Rápidamente me quito mi vestido de «trabajo» y me pongo la ropa de escape.

Tengo entre unos tres y ocho minutos hasta que se den cuenta de cómo volver a encender la luz y, en ese tiempo, tengo que estar afuera en el balcón, bajar por la pared, y hacia el océano en donde no me verán las cámaras de seguridad y los termómetros de calor no registrarán mi temperatura.

—Tú puedes, tú puedes, tú puedes, —me susurro/canto a mí misma mientras mis dedos temblorosos buscan en el bolso las herramientas para abrir la cerradura.

Las guardé en el bolsillo de estos pantalones negros de yoga una semana después de descubrir al hijo de trece años del jardinero abriendo el garaje durante uno de los pocos momentos en los que no estaba siendo supervisada en el jardín. Thom me había enviado a caminar después de decirme que estaba con sobrepeso y necesitaba hacer más ejercicio. Estaba encantada de que me permitieran salir.

El chico me dijo que no quiso hacer algo malo y que sólo practicaba sus habilidades para abrir cerraduras. Me mostró el libro de instrucciones y la caja de herramientas que había pedido en línea. Dije que podríamos mantenerlo entre nosotros, pero que tendría que confiscar su libro de instrucciones y sus herramientas. Fue malo de mi parte, pero necesario. Las dejaré en la huerta debajo de mi ventana. Quizás las encuentre algún día.

Me arrodillo frente a las puertas francesas que dan al balcón.

Hago que la llave de tensión más delgada entre en la cerradura y aplico presión sobre la clavija. Luego deslizo la horquilla. Cierro los ojos para concentrarme. Lo he practicado al menos cientos de veces. Ya sé cómo encontrar y acomodar cada horquilla, una a la vez, hasta que la cerradura de desarma por completo. Con un poco más de presión en la llave de tensión, giro la clavija.

Clic.

Esto es lo más lejos que he llegado. No pude abrir puertas antes porque el monitor electrónico que está encima notificaría al equipo de seguridad de Thom que se ha quebrantado una puerta. Ahora, sin luz en la propiedad, tengo un momento.

Exhalo, guardo las herramientas en mi bolsillo y uso ambas manos para abrir las puertas.

No ceden.

Miro con detenimiento el marco de la puerta. ¿Me olvidé de algo? ¿Una segunda cerradura? ¿Una traba o barrera física? No veo nada.

—Vamos, —gruño por lo bajo. Tiro con más fuerza.

No se mueve.

—*Juepucha*, —murmuro—. Vamos, perra. —Tiro con toda mi fuerza. Las puertas de abren del todo y una correntada de brisa marina invade la habitación y hace que vuelen las cortinas.

¡Sí!

Mis días como la chica de la torre se terminaron. Me escapo en silencio y cierro las puertas detrás de mí.

¿Han escuchado historias sobre chicas en torres, verdad? Se supone que algunas de ellas son bellas doncellas. Algunas son princesas. Algunas tienen un cabello largo que los príncipes usan como soga para salvarlas.

¿Yo? Supongo que soy algún tipo de hechicera. Puedo ver el futuro de una empresa con sólo mirar sus números.

Por ende soy útil como operadora diaria.

También técnicamente soy una doncella si eso quiere decir virgen. Todavía no se decide lo de bella. ¿Eso significa linda o parecida a la princesa Bella? Nunca estuve segura. Como sea. Soy Latinx, así que me identifico como BIPOC si alguien se lo pregunta. Y no soy talla cuatro. Ni cerca.

Saco una pierna por la baranda de mármol tallado del balcón para subirme encima, luego la otra y equilibro mi peso en el borde de tres centímetros que se asoma hacia afuera.

No mires hacia abajo, susurro.

A mi cuento de hadas en particular le hace falta el enrejado para bajar, pero hay cables metálicos horizontales alrededor del edificio que sostienen la enredadera. Me asomo y envuelvo uno con los dedos para probarlo con mi peso. Me sostiene.

Contengo el aliento y paso una mano a otro cable. Me corta las manos pero sirve. Dejo la seguridad del borde y siento con mi pie el cable que le sigue por debajo. Está más lejos de lo que espero, pero eventualmente lo alcanzo. Luego me doy cuenta de que las ramas de la hiedra pueden ser lo suficientemente gruesas como para sostenerme.

Eso funciona mejor. Bajo mientras busco los cables con los pies y me deslizo con las manos por las tiras de hiedra más gruesas. Estoy a tres pisos de altura, una distancia que se siente mucho más alta y alejada ahora que lo estoy haciendo. Y ya perdí mucho tiempo.

Las luces podrían volver a encenderse en cualquier momento.

La rama que me sostiene es demasiado fina y se quiebra. Caigo con los dedos intentando tomar algo más para sostenerme y finalmente lo hacen. Se me corta la piel, me queman los dedos, pero apenas lo noto. Toda mi concentración está en bajar.

Salto antes de lo que debería y me lastimo el tobillo y golpeo la rodilla contra la tierra. Pero no importa, estoy afuera. Salgo corriendo hacia el océano lo más rápido que puedo.

También he estado entrenando para esto. Puede que sea algo gorda, pero todos los días corro en la cinta que mira hacia el océano y le susurro a mi cuerpo que llegará el día en el que intentemos escapar. Mi enfermedad lo hace más difícil, pero la medicación parece estar funcionando.

No estaba lista para que fuera esta noche. Quería encontrar a Wren y planear cómo llevarla a un sitio seguro antes de escapar. También necesitaba pensar en cómo acceder a la medicación que me mantiene con vida. La última vez que intenté escapar, colapsé antes de llegar lejos. Pero ahora me estoy sintiendo más fuerte y no tengo opción. Me quedo sin tiempo.

Thom me contó su asqueroso plan esta noche en la cena.

Mañana por la noche, organizó una subasta por mí y mis servicios bursátiles para el mejor postor. No es suficiente ganar billones para él. Debe venderme a uno de sus amiguitos para consolidar la unión con la alta sociedad. Su versión retorcida de un matrimonio arreglado.

Perdón, no. No sucederá.

Esta vez, mi plan de escape funcionará. Debe hacerlo.

Las luces de la mansión vuelven a encenderse en un incendio repentino.

Maldita sea.

Corre, corre, corre. Bajo la cabeza y corro lo más rápido que puedo. Mis pies tocan la arena.

Suena una alarma. Igual les llevará tiempo darse cuenta de que me he ido, espero. Siempre que...

—¡Detente ahí mismo! —grita una voz masculina.

¡No! Me han visto.

Puede que todavía lo logre. Puedo esconderme en el agua. Llego a la orilla y corro, metiéndome en el agua congelada antes de que sea lo suficientemente profunda, así que mi barriga la choca. Uso las manos sobre las rocas que están debajo para propulsarme hacia lo profundo.

No miro hacia atrás. No quiero ver lo cerca que están. O si están viniendo por mí. Cierro los ojos con fuerza y aleteo fuerte, me olvido de que puedo no sobrevivir en el océano incluso si no me encuentran.

Pero me atrapan.

Un brazo fuerte envuelve mi cuello y hunde mi cabeza, sosteniéndome hacia abajo

Lucho, pateo, uso los codos, intento zafarme de su agarre. Necesito respirar.

¿Este tipo intenta matarme?

Claramente no sabe que soy la gallina de los huevos de oro.

Todo está acallado por el sonido del agua que me rodea, pero escucho gritos por encima. Las luces brillan en el borde de mi visión. Las estrellas bailan frente a mis ojos.

Y luego estoy arriba. Sostenida por el cabello por encima del agua.

—¿Qué estás haciendo? —Grita Thom desde la orilla.

—Lo siento, Sr. Thompson. Pensé que era una intrusa.

—Regresa a mi hija a la orilla.

Su *hija*. Cada vez que me llama así quiero vomitar.

Chip, el jefe de seguridad de Thom, y otro guardia me toman por los brazos y me arrastran hacia adelante, fuera del océano, sobre la playa en donde Thom me da una bofetada fuerte en el rostro.

Entiendo que esta es mi única oportunidad. Si hay algún hombre que trabaje para Thom con algún tipo de consciencia, necesito alertarlo. Si no desobedece ahora, quizás notifique a las autoridades de que sucede algo.

—¡Déjame ir! —Grito—. No puedes venderme en una subasta. ¡No soy tu propiedad! ¡No puedes tenerme como tu prisionera por siempre!

Una aguja se hunde en la parte carnosa de mi brazo antes de que la vea venir. Miro fijo los ojos del hombre que la aplicó y detecto un brillo sádico de placer en ellos justo antes de que mi visión se oscurezca y mis piernas olviden cómo sostenerme.

Darius

Los billonarios tienen un tipo de olor. No sólo piel humana limpia, sino el adicional de productos caros de cuidado de la piel, perfumes exóticos, comida más saludable.

Eso piensa mi oso, de todos modos. Después de años de vivir en Manhattan, mi pobre nariz de animal se ha acostumbrado a todo tipo de olores de la ciudad. Es un alivio volar en helicóptero a Hamptons el fin de semana, incluso si es para codearse con la clase más alta de todo Wall Street. Me paro en el asfalto y respiro mi primera bocanada de aire fresco en meses. El aire sabe dulce con un dejo de sal. Al otro lado de un kilómetro de césped cuidado, la luz del sol brilla sobre un par azotado por el viento.

Entre más rico eres, puedes pagar más tierra. Mi anfitrión, Thom Thompson, supo de mi exitosa empresa de inversiones de bienes raíces, Medvedev Enterprises, y de mi nuevo fondo de inversión, *Mountain Top Investments*, y me invitó a este fin de semana largo para poder presentarme a potenciales clientes. Thom tiene una propiedad gigantesca a orillas del mar entre reservas naturales.

Bosques, señala mi oso. Quiere quitarse la piel humana y dirigirse a la naturaleza. Mantenerlo encerrado ha sido la parte más difícil de vivir en Manhattan. Estos bosques no son nada comparados con los de la Montaña Osos Malvados donde crecí, pero son suficientes para recordarme de lo que me pierdo ahora que Nueva York es mi casa.

No, le digo. No puedo liberarlo aquí. No le toca ir a pasear por un bosque de pinos como solíamos hacerlo con mis hermanos en la Montaña Osos Malvados. No le toca correr sin preocupaciones. No después de lo que hizo. No se puede confiar en él.

Reviso mi cuello y me acomodo las mangas. Llego mi

mejor blazer que no es del trabajo, diseñado para lucir casual pero seguir siendo de alta costura. Mis mocasines fueron hechos a mano en un pequeño pueblo a las afueras de Milán. Estoy preparado de pies a cabeza para encajar con los humanos con los que haré negocios todo el fin de semana, el uno por ciento del uno por ciento.

Mi única característica incontrolable es mi cabello rubio grueso. Me lo corto todas las semanas, pero juro que mi oso hace que crezca más rápido para molestarme. El viento lo despeina mientras camino desde el helicóptero.

—Por aquí, señor. Un miembro del personal con un uniforme azul marino toma mi maleta y me guía hacia una mansión que le daría envidia al Gran Gatsby. Me preparo, esperando a que el lugar huela a viejo, como madera encerada y muebles de crin de caballo, pero el interior es moderno.

El dueño y el hombre que me invitó esperan en la entrada para saludar a todos los invitados. —Darius, bienvenido.

—Sr. Thompson. —Estrecho su mano, con cuidado de no ejercer demasiada presión. Un apretón de manos firme de un transformista oso le rompería los huesos a un humano.

—Por favor, llámame Thom, —dice con una voz aguda. Está vestido de forma casual en un atuendo que vale más que un coche nuevo.

—Gracias por invitarme.

—Por supuesto, mi chico.

Thom y yo nos vimos un par de veces, pero es del tipo al que le gusta verse como un mentor. Su espectáculo es tomar a hombres más jóvenes debajo de su ala, darse el crédito por su éxito, y descartarlos ni bien pierden prestigio.

—Estoy seguro de que este fin de semana te resultará informativo.

No me deja hacer comentario, así que me conformo con murmurar mis gracias mientras continúa.

—Lockepoint tiene muchas piscinas y canchas de tenis. Y el campo de golf. Espero que podemos hacer un par de rondas mañana. Me dicen que podría llover. —Frunce el ceño como si el clima fuera un empleado que necesita un reto. La riqueza puede resguardar a una persona de cualquier inconveniente, pero la naturaleza sigue siendo la naturaleza.

—Sólo estoy feliz de salir de la ciudad.

—Sí, me alegra que pudieras venir a mi humilde morada.

La *humilde morada* de la que habla tiene casi treinta habitaciones. Más de cien mil metros cuadrados, sin incluir las casas de invitados y de la piscina.

—Nester te mostrará tu habitación, pero no te demores. Se servirán los cócteles aquí hasta las seis y luego nos sentaremos a cenar.

Llegan más invitados, así que le doy las gracias y sigo a Nester por dos pisos de escaleras y pasando un largo pasillo hasta una habitación que tiene ventanas que dan al océano.

Déjame salir.

Mi oso sigue pidiéndome salir al bosque.

Lo calmo abriendo las ventanas para quitar el olor a billonario. Abro ambas y respiro el aire de mar. Una brisa me despeina. Juraría que crece otro centímetro mientras estoy parado aquí.

Me suena el teléfono y miro la pantalla. Es Teddy, mi gemelo.

—Vete a la mierda, —murmuro y lo dejo ir al buzón. Puede que seamos idénticos, pero somos lo más diferentes que pueden serlo dos hermanos. Él se unió al ejército a los dieciocho, una unidad de operaciones especiales para transformistas, y valora su naturaleza de animal simple. Yo alejé a mi oso y me mudé a Nueva York.

Alguien tenía que ganar el dinero para ayudar a la familia en la Montaña Osos Malvados.

Me vuelve a sonar el celular. Esta vez es Lana, la pareja humana de mi hermano. Frunzo el ceño. Quizás algo anda mal. Pero cuando contesto, la voz de Teddy se escucha del otro lado.

—Qué carajos, idiota. ¿Le respondes a ella pero no a mí? —me acusa sin saludarme.

—Teddy, —lo reta Lana desde algún sitio cercano. Ella es el sol de su malhumor—. Puede que esté trabajando.

—De hecho, *estoy* trabajando. —Maldeciría a Teddy, pero Lana está en la llamada. Me cae bien. Es buena—. ¿Qué quieres?

—Nos preguntábamos si vendrás a la montaña para Acción de Gracias.

—Aww, *Medvezhonok,* —uso mi apodo para mi hermano. Lo odia casi tanto como su nombre completo, Theodore—. ¿Me extrañas?

—Para nada, maldito. Esto se trata sobre Lana. Está planeando una gran cena familiar. Tienes que venir a casa.

—La Montaña Osos Malvados no es mi casa. Esa es Nueva York.

La última vez que visité la Montaña Osos Malvados, juré que nunca regresaría. Saca a la luz mis necesidades de oso, y no puedo permitirme el peligro que eso crea.

Teddy se mofa.

—Ven a casa.

Frunzo el ceño. Mi oso se retuerce para todos lados en mi interior y lucha por liberarse. Lo empujo hacia abajo.

—No creo poder hacerlo.

—Pásame el teléfono, —le ordena Lana. Teddy gruñe

algo, pero lo tiene en la palma de la mano, así que lo próximo que escucho es la voz dulce de Lana—. Bien, eso no iba muy bien. Intentémoslo de nuevo. ¡Hola, Darius!

Me tiemblan los labios ante la alegría infinita de mi cuñada. No me atrae Lana, pero mentiría si no admitiera que estoy realmente celoso de que mi hermano idiota encontrara a su pareja.

Incluso si me moviera en círculos con otros osos o si el destino me uniera a una humana y lograra encontrarla, no podría formar pareja. Mi oso es demasiado inestable. Destruye todo lo que toca. No puedo dejarlo salir.

—Hola, Lana.

—Escucha, por favor, por favor, por favor, por favor, ¿puedes venir a casa por el Día de Acción de Gracia? Es muy importante para mí.

—¿Por qué?

Es un comentario de idiota y Lana no se merece que sea un imbécil con ella, sobre todo cuando fue la riqueza de su empresa la que terminó de salvar a la Montaña Osos Malvados antes de que yo tuviera Mountain Top y su sucursal de bienes raíces, Medvedev Inversiones, una empresa de nueve dígitos de ganancias.

—Tenemos unas noticias que debes saber. —Su voz se suaviza.

No sé por qué me choca como un golpe en el estómago.

Teddy tendrá un cachorro.

La noticia enciende un hilo de soledad en lo profundo de mi ser. La importancia de la familia y la montaña compiten con mi ambición de tener éxito aquí.

Excepto que ya no hay necesidad de que siga ganando billones. La necesidad desapareció cuando Teddy se puso en pareja con Lana. Estaba haciendo todo lo posible para salvar la montaña, incluyendo su desarrollo para que pudiéramos evitar que cayera en manos de otro fondo buitre. Teddy me ve como otro buitre malvado, pero iba a usar mi poder para el bien, maldita sea.

Pero el dinero de Lana mantuvo lejos a los desconocidos. Sin desarrollos.

No soy útil para la familia de la que me distancié y trabajé tan duro para rescatar.

—Eso es genial, —me escucho decir sin emoción—. Felicitaciones. —Quiero terminar la conversación—. Sí, intentaré estar allí, Lana.

—No sólo lo intentes, —Lana muestra algo de la dureza que la hace ser una empresaria exitosa merecidamente—. Haz que suceda, Darius.

—Bien, Lana. —Sé cuándo me han ganado en una negociación—. Debo irme. Pero te mantendré informada.

—Haz que suceda, —repite. Corto la llamada y suspiro.

Me miro en el espejo y le gruño a mi cabello, el cual creció *otro* centímetro mientras estaba en la llamada. La protesta de mi oso por negarme a ir a casa.

Tengo que volver a bajar. Estoy aquí para trabajar y esa mierda se hace con cócteles y cena.

Me dirijo a la recepción, donde un mesero toma mi pedido de tragos y llevo mi whiskey a las rocas hacia el hogar.

Hay una pintura al óleo gigantesca de Thom sobre la repisa. Está en pose, con una mujer más joven sentada a su lado. Mis ojos de inmediato se dirigen a su rostro perfectamente ovalado. Cabello oscuro, ojos negros, labios jugosos. Su piel es unos tonos más oscura que la piel pálida de Thom.

Quizás sea mi anhelo de tener una pareja como Lana, pero me siento atraído por el retrato. Es la mujer más atractiva que he visto. El pintor debe haber estado algo enamorado de ella. Es demasiado hermosa para ser real.

Investigué a mi huésped antes de venir y no encontré ninguna evidencia de que Thom haya estado casado. La mujer probablemente sea su pareja, pero es lo suficientemente joven para ser su hija. Ella no parece tener la edad de haber terminado la universidad, pero he conocido a muchos hombres que prefieren esposas trofeo de veintipico.

No, mi oso me hace saber su descontento. Lo ignoro. Ha estado cada vez más infeliz con todos y con todo. Vivir en la ciudad rodeado por tanta gente es difícil para él. Trabajo más de cien horas a la semana. Él extraña a mis hermanos y a la montaña. Quiere libertad.

Pero no me atrevo a dejarlo salir. Cada vez que lo hago es un desastre.

La gran recepción se llena de gente. Hay algunos hombres mayores que lucen como Thom, además de algunos chicos nuevos que parecen de fraternidad, con mentones débiles, mucha colonia y relojes caros comprados con el dinero de papi. La habitación apesta a arrogancia.

Estas son personas con las que se supone que me congracie todo el fin de semana. Para la mayoría, un par de días de descansar en una mansión con los ultra millonarios sería un sueño hecho realidad, pero no para mí. No hay nada relajante acerca de codearme con humanos todo el día y convencerlos de que inviertan en mi empresa.

Pero no creé *Mountain Top Investments* de la nada sin sacrificio. Thom Thompson es dueño de los fondos de inversión más exitosos del mundo. Estoy aquí para aprender sus secretos y ver si hablaba en serio sobre unirse a mi empresa de inversiones de bienes raíces.

Me termino el trago y me preparo para sumergirme en el combate. Antes de hacerlo, el aroma de flores de invernadero me llama la atención. Viene de un pasillo cercano. Camino en esa dirección y me freno cuando veo a una mujer bajar la gran escalera. Es de baja estatura y con curvas, de labios hinchados y cabello brillante.

Es la joven de la pintura. Me equivoqué. El pintor no exageró el equilibrio perfecto de sus rasgos. Es cincuenta veces igual de sorprendente en la vida real. Mi oso se hace presente bajo mi piel.

Ella baja despacio, mirando la habitación. Lleva un vestido blanco modesto que hace que su piel dorada brille. A mitad de camino, me ve observarla y sus hermosos ojos negros se entrecierran con enojo. Su aroma florece para mí, orquídeas y gardenias, con un dejo amargo.

Me tiembla el pecho mientras mi oso intenta dar su opinión. Está igual de embobado que yo, pero infeliz por el dejo medicinal de su aroma. Doy un paso atrás y gruño para cubrir el gruñido de mi oso y frotarme el pecho para calmarlo. Por un milisegundo, se controla. Casi me transformo de forma espontánea como lo hacía de niño, demasiado joven y totalmente fuera de control. Lo vuelvo a empujar hacia abajo con una voluntad feroz.

Mierda.

La pérdida momentánea de control debe ser una combinación de estar aquí en el bosque y ver por primera vez en un largo rato a una mujer que me atrae. Tendré que ser cuidadoso este fin de semana. No puedo dejar que mi oso pelee conmigo cada vez que una chica linda me la pone dura.

La mujer llega al último escalón y dos hombres grandes con trajes negros y auriculares transparentes dan un paso al frente para cubrirla. Ella levanta el mentón en un ángulo alto y se dirige hacia donde le indican. Dos hombres más se les suman.

Ella luce y actúa como una mujer de sociedad malcriada, pero hay algo en la manera en que la cubren los guardaespaldas que molesta a mi oso.

No.

No le gustan esos hombres cerca de ella. Nunca ha sido tan elocuente. Una vez más lucha conmigo por el control y sólo años de calmarlo me permiten seguir teniendo ventaja.

¿Qué carajos está pasando?

Me acerco al umbral de la puerta y sigo mirando a la mujer. Eso calma a mi oso. Ahora está parada junto a Thompson, callada y haciendo puchero. Quizás se pelearon. Su *sugar daddy* no le dio el Mercedes que quería.

Cuando todos nos dirigimos al comedor para cenar, los guardaespaldas la vuelven a rodear. Uno de ellos le acomoda la silla, como si fuera una combinación de guardaespaldas / mayordomo, y ella se acomoda en el asiento de enfrente a la cabeza de la mesa.

Algo me hace acomodarme en el asiento junto a ella, quien me mira con frialdad. Huele a que algo anda mal, como a medicina. ¿Está enferma? De cerca, noto los círculos oscuros debajo de sus ojos. No llegan a disminuir su belleza, pero podrían ser una señal de que duerme mal. Quizás tiene dolor de cabeza. Eso explicaría su malhumor.

Thompson se para a la cabeza de la mesa y se aclara la garganta.

—Gracias a todos por venir. —Camina alrededor de la mesa, como si fuera nuestro profesor dándonos clase—. Este será un fin de semana que recordar.

Todos murmuran al asentir.

Él se detiene detrás del asiento de la joven.

—Y estoy tan contento de presentarles a mi hija, Paloma, a todos ustedes. —Él pone una mano sobre su hombro.

Hija. Mi búsqueda no me dijo que Thom tuviera hijos. Debe haberse ocupado de mantener esa información en secreto.

Observo el rostro de Paloma para ver si hay pruebas de ser familiar de Thom, pero no encuentro ninguna. Su madre debe haber sido una belleza singular con genes dominantes.

—Ha estado trabajando mucho en su puesto de operadora en Thompson Capital, pero la convencí de que se tomara un tiempo libre, —continúa Thom—. Ha estado haciendo cosas geniales en la empresa y estoy muy orgulloso de ella. Se escuchan algunos aplausos por educación.

A Paloma no parecen conmoverla sus halagos. Es más, parecen endurecerla.

Thompson toma la mano de su hija y la besa. Su expresión nunca cambia. Ella mira fijo hacia adelante como si protestara en silencio.

Si Thompson nota su actitud, no parece importarle.

—Hacia el final del fin de semana, puede que tenga otro anuncio sobre una unión de un tipo más personal.

Más aplausos, esta vez más fuertes, con algo de entusiasmo. Un par de hombres viejos de negocios se acercan y le susurran algo a sus parejas más jóvenes, «...subasta... mañana por la noche...» escucho que dice uno. Mi escucha de transformista es lo suficientemente buena para detectar las palabras, pero no tienen sentido.

¿A qué se refería Thompson con una unión de un tipo más personal? Algo sucede.

Thompson propone un brindis por su hija. Todos levantamos las copas. Paloma no se mueve para tomar la suya y uno de los guardaespaldas se acerca y toca su brazo.

Entonces noto las marcas violetas que manchan su piel entre el hombro y el codo. Lucen como si alguien la hubiera tomado del brazo con fuerza. Ella levanta su copa de vino y la manga de su vestido se mueve, mostrando más moretones.

Mi oso se alza. Una vez más, casi me transformo espontáneamente. Mi oso se está enloqueciendo y quiere salir explotado de mi piel. Mierda, después de todos estos años viviendo en Nueva York, pensé que había aprendido a reprimir ese aspecto salvaje. Miro mi plato y espero ocultar cualquier brillo en mis ojos. Se me afilan los colmillos, rechino los dientes y obligo a mi oso a retirarse. *Hazte atrás*, le digo.

Me obligo a concentrarme en comer, pero es una lucha no mirar a Paloma. Después de tres platos, me atrevo a volver a mirarla. Está sentada con esa mirada fría en su rostro hermoso. Si no hubiera visto los moretones, podría pensar que es creída.

Pero ahora pienso que es el resultado de un abuso.

Su guardaespaldas principal se vuelve a acercar.

—Come, —le ordena.

Ella niega con la cabeza de forma sutil, pero él se acerca y le corta el bife como si fuera una niña. Toma un pedazo de carne en el tenedor y lo sostiene frente a sus labios. Un músculo se tensa en su mandíbula.

—No, —murmura—. No tengo hambre.

—*Detente.* Hay oso en mi gruñido. Mi sobresalto atrae la atención de la mesa.

La mirada de Paloma se posa en mí.

Thom y las personas con las que habla se callan. Me levanto un poco de la silla antes de saber qué está pasando. Me enfrento al guardaespaldas.

—La señorita dijo que no.

Paloma me sostiene la mirada y una descarga eléctrica pasa entre nosotros.

—*Dije* que no. —Ella suena tan sorprendida de que la

haya escuchado y respondido a su no. Lo que es terrible. Thom debe ser un bastardo controlador.

—Se está haciendo tarde. Quizás estás cansada, —le dice Thom a su hija. No espera a que ella responda—. Llévenla a su habitación. —Les hace un gesto a los guardaespaldas.

El mismo cretino que intentaba alimentarla mueve su silla hacia atrás y toma su brazo inerte para guiarla. Ella mira hacia atrás adonde estoy por encima del hombre mientras se aleja.

¿Quiere que interceda? Mi oso ruge y revive. Parece estar dispuesto a matar por ella. No es una reacción normal para el animal que he mantenido enjaulado desde que era adolescente.

Lo mantengo controlado con fuerza, apretando los músculos para evitar saltar de la silla y seguirla.

Me suenan las alarmas. A nadie más parece resultarle extraño, pero me parece rara toda la interacción entre la hija infeliz de Thom y sus guardaespaldas controladores.

Hay algo podrido en esta mansión y pienso descubrir qué es.

Capítulo dos

aloma

Espero encontrarme encerrada en mi habitación todo el día mientras tantos huéspedes están en la mansión, pero la traba se abre a las 6 a.m., a la misma hora que todos los días. Asumo que soy libre de seguir mi rutina normal de los sábados.

Thom probablemente piense que me metió tanto miedo que me mantendré a raya.

Tendría razón.

Después de mi intento de escape la penúltima noche, Thom me dijo serio que si no me comportaba y hacía todo lo que me exigía, que Wren sufriría de un horrible accidente. *Un horrible accidente como el de nuestros padres.*

No estaba segura hasta entonces si él había sido el responsable de su muerte. Que no hubiera sido sólo un accidente de auto. Ahora sé con seguridad que lo planeó para tenerme bajo su techo.

Es un hombre tan horrible como lo había sospechado.

Los primeros años bajo su tutela no habían sido malos.

Wren y yo sufrimos la pérdida, pero él nos brindó todos los lujos, hasta una terapeuta para ayudarnos a lidiar.

Una que ahora me doy cuenta de que nos lavó el cerebro para ser sus pequeñas robot.

Me rebelé cuando me sacó de la escuela para trabajar por muchas horas. Ahí fue cuando envió a Wren a un colegio pupilo católico en donde no se le permite tener celular ni internet sin supervisión. Hizo que mi contacto con ella fuera un castigo o una recompensa. Si me portaba mal, Thom me quitaba el privilegio de mi videollamada semanal con ella. Si quería que viniera a casa en Navidad, debería mantener mis cifras creciendo.

Lo que no sabe es que Wren tiene un don especial de conexión psíquica. A veces cuando me estoy quedando dormida por la noche, ella aparece en mi estado de sueño y ve cómo estoy. Me cuenta un chiste. Actúa como una bromista de diecisiete años. Si no tuviera esos momentos con ella, enloquecería.

Pero debo tener cuidado de que nunca se entere o inventará alguna forma retorcida de utilizar también su don.

Me pongo mi Jodhpur color caqui y un top rojo ajustado, con botas y sombrero, y me dirijo a los establos a ver a Starlight. Cabalgar con ella es el único placer que tengo aquí. Starlight y las llamadas del domingo con Wren.

Mi yegua llora por lo bajo cuando abro la puerta.

—Hola, dulzura. Te extrañé ayer. —Miro por encima de mi hombro a los dos guardaespaldas que me siguen—. No me dejaban salir a verte. —Le acaricio la frente y me inclino hacia adelante—. Pendejos, —murmuro en su oído sedoso.

Maldigo aunque a Thom le dé asco porque eso le recuerda a mi padre, mi padre *real*, quien maldecía en casa. Estoy seguro de que intentaba proteger nuestros delicados oídos, pero igual nos enseñó a maldecir sin querer.

Cas, el caballerizo holandés, aparece detrás de mí con su montura.

—La prepararé para usted, señorita Paloma, —murmura sin mirarme.

Me cae bien Cas, pero debo ser honesta. No es mi amigo. Todos los que trabajan en esta mansión saben que soy prisionera, y ninguno ha movido un dedo para ayudarme.

Aunque Thom probablemente tenga algo con qué manejar a cada uno de ellos. Un punto de presión que controla para asegurarse de seguir teniendo su cooperación.

¿Había hecho eso con mi mamá cuando trabajó para él? ¿La había presionado a hacer cosas que ella no quería? ¿La mató porque no le dio acceso a explotarme?

Me ajusto la tira del casco mientras Cas saca a Starlight de su puesto.

—Todo listo, señorita Paloma. La sacaré para usted.

—Gracias, Cas. —Los sigo afuera y luego me subo en la escalera para montarla.

Paso una pierna encima de Starlight y tomo las riendas. En los primeros días de la tutela de Thom, Wren y yo estuvimos expuestas a todas las actividades extracurriculares de los chicos ricos. Arquería, yates, esgrima, y por supuesto, clases de equitación. Hasta tuvimos un instructor de equitación inglés que venía a entrenarnos. Aprendí a adiestrar y hasta tuve sueños de competir con Starlight. Pero Thom decidió que eso me alejaría de mis «estudios».

Por supuesto, mis estudios se habían tornado totalmente relacionados al mercado de bolsa. El tutor ya ni venía a fingir educarme en la casa. Cada momento despierta estaba dedicado a estudiar los números y hacer transacciones.

Siempre pude sentir el futuro éxito o fracaso de una

empresa. Qué mercados estaban listos para florecer y cuáles estaban marchitándose en la vid. Era fácil.

Mi madre fue la primera en notar mi habilidad. Lo llamó un don. No vivió para verlo convertirse en una maldición que ha vuelto mi vida en una pesadilla.

A través de los años, le gané billones a Thom. Pero no es suficiente. Nunca es suficiente. Thom es mi dueño. Si consigue lo que quiere, me controlará por el resto de su vida y ahora planea hacerme trabajar también para sus amigos.

No hay nada que pueda hacer al respecto.

Guío a Starlight a trotar por el camino familiar hacia la playa. Una vez allí, mirando el mar salvaje y agitado, suelto las riendas y la animo a galopar y luego correr. La espuma vuela y mancha mi atuendo perfecto. Starlight vuela por encima de la arena, corriendo con el viento. Mi cabello se mueve por detrás como una bandera.

No es libertad, pero es lo más cercano a eso que puedo alcanzar. Disfruto de cada segundo.

Estoy a medio camino del largo tramo cuando Starlight se asusta y sorprende. Nos hago ir más lento para poder convencerla de calmarse. Está nerviosa, brincando, pero no sé por qué. Estamos lejos de los puestos de los guardias que marcan el final de la tierra de Thom, y ella está acostumbrada a que los equipos de seguridad patrullen armados las dunas y se aseguren de que no escape.

Luego veo al nadador en el agua. Hace demasiado frío en el océano, como sé demasiado bien por la penúltima noche. Sólo un idiota saltaría a estas aguas por placer sin un traje, pero allí está, grande y con el pecho desnudo, sacude su cabello rubio oscuro para quitarlo de su rostro y se mueve por las olas. El agua cae por los músculos épicos de sus hombros y pecho. De inmediato me recuerda a los cientos de novelas de romance histórico que Ellie me pasó todos estos años. Fácilmente podría estar en la portada de una.

Luce como un vikingo, camina hacia la orilla listo para matar y saquear. Y se dirige derecho hacia mí.

Ya puedo reconocerlo: es el hombre que se sentó a mi lado anoche en la cena. El que le dijo al idiota de Chip que dejara de alimentarme a la fuerza. Me atrajo de inmediato, a pesar de que si estaba en esa cena, entonces debe estar aquí por mi subasta.

El viento me lastima el rostro y tengo los dedos helados, pero el resto de mi cuerpo se calienta. Intento mirar hacia otro lado que no sea su pecho mojado y brillante, pero no puedo.

Es... increíble. La luz resplandece sobre sus grandes músculos pectorales en donde los círculos de agua bajan hasta la «V» estrecha de su cintura.

Verlo enciende un fuego en mi barriga baja y se transforma en un incendio que lo consume todo. Probablemente haya estado con demasiados chicos cobardes de buena familia porque nunca me ha atraído así un hombre. Quizás esa sea la diferencia. Esos eran chicos y este es un hombre, alocado, con ojos como un mar de tormenta.

—Buenos días. —Él levanta la mano para saludarme y empieza a caminar hacia la orilla. Su voz es un gruñido grave. Sólo aumente la emoción en mi barriga. Mis muslos internos se aprietan contra Starlight.

A ella no le gusta. Baila hacia atrás, niega con la cabeza. Sólo años de montarla me mantienen en la montura. No ayuda que se me hayan debilitado las piernas.

—¿Lo son? —Le respondo mientras Starlight gira en un círculo.

El vikingo se detiene con el agua a la cintura y me observa mientras se frota la barba incipiente y dorada de su mentón. Su cabello luce más largo que anoche. A pesar de las líneas decisivamente masculinas de una mandíbula robusta y unas cejas tupidas, sus labios son gruesos y perfectos. ¿Cómo sería besar a un hombre con barba?

¿Por qué estoy mirando fijo los labios de este hombre? ¿Y por qué me estoy preguntando cómo sería que ganara la subasta por mí? Pero me lo pregunto. Por supuesto, mi compromiso sería falso. Thom sólo me prestará por mi «don». Este hombre no sería un prometido real. No esperaría ningún tipo de derechos maritales.

¿Pero si así fuera?

¿Y si me arrojara encima de su hombro, me sacara de la playa y me lo hiciera aquí mismo en la arena? Me alejaría y correría como lo hice la otra noche. No enviaría a guardaespaldas a seguirme; me perseguiría él mismo. Y cuando me atrapara...

Ah, maldición. Definitivamente fueron demasiadas novelas de romance vikingo, de regencia y *highlander* que Ellie me convenció de leer.

Intento quitarme la emoción burbujeante que me trae la idea. Debo estar loca por fantasear sobre cómo irán los planes de Thom de prestarme como esclava laboral para que un prometido falso. Este no es un vikingo sensual que viene a llevarme a una tierra extranjera. Quiere comprarme y usarme como lo hace Thom para aumentar sus tesoros.

Toco los lados de Starlight con los talones para que nos guíe y salgamos de aquí. Mientras cabalgo, siento su mirada sobre mi espalda y es un gran esfuerzo no mirar hacia atrás.

* * *

D*arius*

Miro a Paloma alejarse rápido de mí en su caballo como si los sabuesos del infierno la persiguieran. Por un momento, nuestras miradas se conectan y siento un ardor resplandecer entre nosotros. Casi me transformé otra vez.

Parece que mi oso está enamorado.

Pero un momento después se ha ido.

Me late la sangre y no sólo por nadar rápido. Ver a Paloma me acelera los latidos del corazón. Su rostro hermoso, su puchero de capullo. Tengo el pene duro y listo, incluso cuando el resto de mí está insensible por el agua helada.

Ella. Ahora, dice mi oso. Quiere ir detrás de ella. Su caballo entró en pánico por mi olor extraño a transformista oso y acercarse podría significar aterrarlo y hacer que Paloma se aleje. Quiero acercarme a Paloma para conocerla cuando esté relajada y sin sus guardaespaldas, cuando se sienta segura para contarme cómo obtuvo esos moretones feos en los brazos.

Anoche pasé horas interminables ahogado en humo de cigarrillo y conversaciones aburridas con el resto de los invitados. Me enteré de que Paloma es hija de una pareja que trabajaban como operadores en la empresa de Thom. Murieron en un accidente de auto cuando tenía catorce y Thom se volvió su tutor. Es adoptada, como yo. Pero si alguna vez hubo amor entre ella y el hombre que se hace llamar su padre, ahora no lo está.

Intenté averiguar más, saber qué uniones podría estar planeando Thom para conocer más sobre la subasta de la escuché susurrarse, pero nadie dijo nada.

No pude husmear como quería. Hoy usaré mi sentido aumentado del olfato y de la escucha para investigar, empezando con saber más sobre la belleza enigmática y trágica rodeada de guardaespaldas.

Después de vestirme en mi habitación, camino por los pasillos como si fuera el dueño del lugar. Así se comportan los ricos. Empujan y codean hasta entrar en el lugar que quieran, con la única creencia de que pertenecen en cualquier lugar al que quieran ir. Es como la muestra de dominancia del mundo animal, excepto que nunca sabes cuáles son sus dientes y garras.

Mi olfato me dice que las habitaciones de Thom están en el ala oeste. Me dirijo en esa dirección y meto la cabeza en habitaciones aleatorias, probando picaportes. Estoy buscando una oficina.

Una puerta pesada obstaculiza mi camino en el ala oeste. Está cerrada y hay un teclado numérico negro a su lado. Thom ha tomado precauciones adicionales, lo que es una buena señal de que estoy en el lugar correcto.

Abro una ventana. Estoy en el segundo piso y sólo me toma un momento saltar de una ventana a un balcón pequeño. Una hazaña imposible para un humano, pero no es un problema para un hombre soso que pasó su niñez trepando árboles. No hay nadie abajo, pero igual me agacho y uso mis garras afiladas para cortar el vidrio. No suenan alarmas y puedo meter una mano por el agujero abierto de la puerta francesa.

Así de simple paso la seguridad y estoy en el ala que tienen las oficinas privadas de Thom. Si tengo suerte, destaparé algunos secretos.

Salgo de la primera habitación y me muevo por un amplio pasillo. Tengo que caminar con más cuidado aquí. Siento el aroma de los guardias, cigarrillos viejos y el leve olor a pólvora, y un dejo de la colonia de Thom.

Diez puertas más y tengo suerte. Alguien murmura detrás de una puerta cerrada y suena muy parecido a Thom.

Inclino el hombro contra la pared, algo tapado por el basamento de mármol que sostiene una estatua de un toro agresivo.

Definitivamente es Thom con su voz aguda.

—¿Un trago? —Se escucha que chocan copas.

Luego alguien más dice,

—Podríamos evitar todo esto. Tan sólo hacer el trato ahora.

—¿Con quién se estaría casando? —Pregunta Thom—. ¿Contigo? —Se mofa—. Quiero evitar sospechas, no alimentarlas.

—No conmigo, mi hijo. Chad hará el papel del prometido apropiado. Tendrás tu dinero y tendré acceso a ella por tres años.

¿Acceso? ¿Qué tipo de transacción están discutiendo?

—Uno. El trato es por uno. Es más que suficiente tiempo para incrementar tus ganancias.

Ah. No es sexo entonces. Algo más.

¡Déjame salir! Me ruge el pecho mientras mi oso lucha por liberarse y responder a esta asquerosa conversación. Están hablando de vender a Paloma por un matrimonio breve para que ella pueda... ¿qué? ¿Aumentar su riqueza de algún modo?

—Muy bien. Un año y luego Chad podrá cancelar el compromiso. Estarás libre de venderla de nuevo. —Thom murmura algo que no oigo porque alguien se mueve contra el otro lado de la pared.

Espero.

—No, —grita Thom—. Prometí que no volvería a aceptar apuestas por anticipado. Chad y tú pueden unirse a la subasta esta noche. A medianoche.

El otro hombre protesta, pero Thom habla por encima de él.

—Estoy siendo más que generoso. —Hay pasos que se acercan a la puerta—. Ahora, salgamos. Llego tarde a la hora del té.

El picaporte se mueve y salgo disparado, giro de forma casual en un pequeño pasillo antes de que Thom y su conspirador salgan de la oficina. Siento el humo de los cigarros y el aroma a un whiskey caro.

Escucho y espero que Thom vaya hacia el otro lado. Pero los pasos se acercan. El pasillo detrás de mí lleva a unas escaleras y corro para bajarlas y esconderme. Thom y sus amigos pasan por la puerta y siguen hablando de golf. Pasan de largo sin verme.

Me quedo en las escaleras, escuchando cómo se alejan sus pasos, cuando siento algo floral. El aroma a gardenia de Paloma sube por las escaleras y no puedo evitar seguirlo hasta el piso subterráneo adonde lleva. Es un aroma pesado y dulce pero con el mismo dejo amargo que me preocupó esta mañana y anoche. Entre más bajo, más amargura se apodera de la dulzura hasta que un sabor metálico me cubre la lengua.

Las escaleras llevan a otro pasillo. Hay un zumbido detrás de las paredes y el aire está más fresco. Es probable que esté cerca de una habitación de sirvientes o algo así.

El aroma a Paloma me lleva a una puerta abierta. La habitación está colmada de pantallas enormes. Hay un pequeño escritorio y una silla en donde se concentra su olor.

Paloma pasa mucho tiempo aquí y creo que sé lo que hace. Apuesto a que si enciendo la luz, las pantallas mostrarán los números familiares de la bolsa de valores en el mundo. Thom dijo que ella trabaja para su empresa de inversiones. Apuesto a que usa esta habitación para hacer sus transacciones.

Así es cómo aumenta la riqueza de Thom. De Thom y de quien sea a quien se la subaste.

¿Pero por qué? Debe haber cientos de operadores disponibles. ¿Qué necesidad tendría de usar o vender a su hija adoptiva? ¿Qué es tan especial acerca de lo que hace? ¿Algo ilegal, tal vez?

Sea lo que sea, me revuelve el estómago.

Estoy seguro de que Paloma es prisionera, que está aquí contra su voluntad por el billonario que se convirtió en su padre.

Eso explica por qué las puertas cierran desde afuera. Puedo oler los lugares donde se paran los guardias.

¿Ha intentado escapar? ¿Peleado? Así podría ser cómo obtuvo los moretones.

Mi oso está listo para luchar y destrozar toda esta habitación. Es todo lo que puedo hacer para no transformarme aquí mismo.

Pero me obligo a salir y cerrar la puerta. No gano nada perdiendo el control. Necesito saber más para poder decidir si y cómo ayudar a Paloma.

* * *

P *aloma*
Ellie termina de rizarme el cabello y da un paso atrás para ver su trabajo.

—Hermoso, como siempre.

Ellie es mi... ¿cómo la llamo? Si nos pegamos a la nomenclatura de los cuentos de hada, ella sería mi doncella o sirviente. Supongo que una combinación de guardia/asistente personal. Me trae comida en una bandeja cuando

Thom o sus secuaz Chip me encierran en mis cuartos. Ella me pide la ropa, me corta el cabello y se asegura de que tenga un cepillo de dientes fresco. Anoche me maquilló y peinó y se está esmerando el baile de máscaras de esta noche. Thom invitó a unas setenta y cinco personas más a la fiesta de esta noche, otra oportunidad de lucirse, supongo.

Llevo un vestido de gasa sin tirantes y un abrigo de seda. Sospecho que se supone que evoque tanto «inocencia dulce» como «buena operadora» al mismo tiempo.

El top es como un corsé en forma de corazón que enmarca mis pechos y se conecta en el frente con los pantalones de pierna ancha que hacen juego. Una tela fina lo cubre y le da una calidad etérea. Una tela muy tenue cuelga de ambos brazos para cubrir mis moretones. Ellie pone una loción con aroma a jengibre sobre toda mi piel expuesta y deja un brillo.

Miro mi reflejo en el espejo, pero apenas reconozco a la joven que me mira. He estado encerrada en una torre por diez años. La mayor parte del tiempo sigo sintiéndome como la quinceañera triste que vino aquí por primera vez. La chica que prefería quedarse en su habitación y esconderse que interactuar con el mundo.

Carajo, se la hice tan fácil.

—Todo estará bien, —murmura Ellie, aunque seguro no será así.

Intento tragar y asentir.

—Claro.

Lo que sea que me espere mañana, me parece imposible pensar que será mejor que lo que tengo aquí. No sólo cambiaré un captor por otro. Seré *reproducida*.

Al menos Thom nunca se interesó sexualmente en mí. Trabajo para él, mantiene a Wren a salvo y fuera de esto. Ese es nuestro trato.

Miro a la foto de Wren metida en el borde del espejo. Tengo fotos de ella por todos lados para recordarme por qué debo perseverar. Está a salvo, por ahora. Está pupila en un colegio católico en Connecticut. Uno que no permite celulares o internet sin supervisión estricta. Es la versión moderna de un convento medieval. Me permiten una videollamada con ella los domingos a menos que mis transacciones no hayan sido tan buenas como Thom quiere, en cuyo caso le dicen a mi hermana que trabajo hasta tarde y me encierran en mi habitación durante el fin de semana.

El mercado bajó el viernes, pero logré llegar a mis cifras. Deberían permitirme llamarla mañana a menos que mi nuevo esposo me lleve antes.

Hasta esta mañana, él era una réplica sin rostro de Thom.

Pero ahora me encuentro imaginándome al vikingo de la playa.

Un hombre que probablemente podría romperme el cuello con un apretón de esas manotas gigantes. ¿Y si Thom me vende a él? ¿Y si él quisiera... *más* que mis transacciones en la bolsa?

El calor baja por mis muslos internos. ¿Y si es bruto?

Mis piernas comienzan a temblar. Es miedo, no excitación. Definitivamente no es excitación.

—Un poco más de brillo en los labios. —Ellie toma un labial y pasa el brillo transparente por mis labios, aunque pensé que ya estaban bastante húmedos. Ella vuelve a mirar su trabajo—. Perfecto.

No pedí la ayuda de Ellie. Lo intenté una vez, hace años, y ella estuvo aterrada. Las lágrimas bajaban por sus ojos y me rogó no volverle a hablar de eso.

—No puedo ayudarte, —susurró.

Pensé que Thom también tendría algo con qué retenerla. Algo para mantenerla a raya, igual que a mí. Así que para no involucrarla, a mi única «amiga» aquí ahora que Wren no está, no hago un escándalo.

Miro el reloj.

—Todavía tengo quince minutos. Me iré a leer. —Me subo a la cama sin pensar en si arrugaré mi atuendo de mujer de negocios virgen.

Ellie abre la boca para discutir, pero ya tomé Desarmado por un baile, un romance de Joanna Bourne que estoy leyendo por séptima vez. Ella vuelve a cerrar la boca.

—Por supuesto. Te veo más tarde. —Sale por la puerta.

Usualmente, los fines de semana paso tanto tiempo afuera como puedo ya que los días de semana trabajo en un calabozo con sólo la luz azul de los monitores. Pero hoy no tenía deseo alguno de codearme con mis pretendientes. Es probable que pretendientes no sea el mejor término, incluso si estoy viviendo una pesadilla de cuentos de hada. ¿Mis futuros dueños? ¿Captores?

De todos modos, tras mi cabalgata matutina, pasé el resto del día encerrada en mis habitaciones voluntariamente, leyendo. El escapismo es lo mejor que me espera.

Escapismo y...

No espero que el vikingo sea el ganador. Definitivamente *no* quiero a un hombre así.

Bueno, quizás sí. Es el menos parecido a mi padre adoptivo de todos, al menos en apariencia. Llevó ese cuerpo gigante y musculoso al agua fría esta mañana *por diversión*. Y me defendió anoche.

Pero sigue siendo un humano horrible por meterse en tráfico humano y trabajo esclavo. Por supuesto, puede que no entienda la dimensión del control que Thom tiene sobre mí. Quizás piense que lo hago voluntariamente. Que también me beneficia el acuerdo.

Llaman a mi puerta levemente y me pongo tensa antes de que se abra, sé quién estará allí.

Ya estoy bajando las piernas de la cama para pararme cuando entra Thom.

—Ah. Cariño. —Él abre los brazos en mi dirección—. Luces magnífica.

—No soy tu cariño, —digo entre dientes.

Deja de actuar como un padre.

—Recuerda lo que hablamos, —me amenaza—. No me gustó tu actuación sin vida anoche. —Me toma el mentón y me muevo hacia atrás, fuera de su alcance.

—Hice todo lo que me pediste, —digo enojada.

Asiente.

—Así fue. Y será mejor que sigas haciéndolo o Wren sufrirá las consecuencias.

Lágrimas calientes invaden mis ojos.

—No la metas en esto. Eso es todo lo que te pedí.

Él sonríe, como si lo complaciera haber ganado mis lágrimas.

—Y he cumplido con mi parte del trato. Tú eres la que intentó escapar.

Me arde la nariz. Cierro con tanta fuerza los puños que me clavo las uñas en las palmas.

—No volverá a suceder, —digo seria.

—Bien. —Me llama—. Ahora, ponte la máscara. Espero que des una mejor impresión que anoche. No sólo prestaré tus servicios a tu nuevo prometido.

Empiezan a sonar las alarmas. La habitación se mueve a mi alrededor. El frío recorre mis extremidades. De alguna forma, sé que lo que sea a lo que se refiera será terrible.

—¿De qué hablas? —No puedo evitar que me tiemble la voz.

—El mayor postor también se quedará con tu virginidad,

cariño. Te hemos mantenido lejos de los hombres por demasiado tiempo, —dice mientras ata la máscara—. Ya es hora de que te reproduzca para ver si mis nietos son igual de talentosos.

Me sostengo de la pared para no caerme. Ahora el frío se transforma en calor, como hierro caliente que cae sobre mi cabeza y hacia mi pecho y crea una corriente terrible en mis oídos.

Los labios de Thom se mueven hasta formar una sonrisa satisfecha por mi reacción. Toma la máscara de la fiesta y camina hacia mis espaldas para ponérmela.

Debería correr. Debería tirarme por la ventana y romperme el cuello en vez de darle la satisfacción de reproducirme.

Excepto por Wren. No puedo enloquecer hasta tener un plan para que esté segura. No puedo arriesgarme a que la saque de la escuela y le haga las mismas cosas horribles.

La máscara de seda cae sobre mis ojos y él la ata en la parte posterior. Tengo los pelos de punta por tener al diablo tan cerca de mí.

Capítulo tres

D*arius*

El baile de máscaras de Thom no es sólo para los invitados de la casa. Invitó a una lista extendida de amigos y conocidos a que se unieran a la fiesta esta noche. Comienza al atardecer la llegada sin fin de Lamborghini, Bugattis, y Rolls Royce en la mansión. Tomo la máscara negra delgada que me dio uno de los miembros del personal hace unos minutos. Irá bien con mi esmoquin negro. Luciré como James Bond, pero no puedo dejar de estar preocupado.

Esta noche, pienso averiguar lo que sucede con Paloma. Hay mal malo aquí. No tengo pruebas, pero tengo una intuición.

Mi oso quiere destruir. Después de años de tener el control, ahora me veo a prueba por su rebelión. Cuando me miro en el espejo, mis ojos son dorados. Tengo que luchar para mantener a mi oso bajo control y que mis ojos vuelvan a su color humano. Sólo la amenaza de quedarme en mi habitación logra que ceda. Quiere ver a Paloma. Si fuera por él, no la dejaría fuera de su vista.

35

Pero no soy un neandertal incivilizado. Cuando era joven, era un niño salvaje, casi feroz. He pasado años trabajando en el control y no perderé la cabeza.

Me afeité antes, pero cuando salgo de la habitación tengo barba. Es la forma de rebelarse de mi oso. Lo permitiré siempre que sepa quedarse en su lugar.

Me paseo hasta la pista de baile y acepto una copa de champaña. Thom debe haber contratado a toda una agencia de modelos porque hay mujeres altas y atractivas en donde sea que mire. Las modelos son más altas que los chicos de fraternidad, quienes lucen como si la Navidad hubiera llegado temprano. El resto de la gente es el grupo de ricos aburridos que viven en Hamptons. Flotaré entre ellos, asintiéndoles a los que conozca por negocios. Sigo moviéndome y espero sentir el aroma a gardenias.

Paloma entra a la habitación rodeada de un grupo de guardaespaldas. Siguen multiplicándose. Pronto tendrá un mejor equipo de seguridad que el presidente.

Me acerco más para poder mirarla mejor. Está de blanco otra vez, sus pechos exuberantes empujados hacia arriba y enmarcados por un top sin tiras. El color hace que brille como una diosa. Hasta con la máscara que esconde esos grandes ojos expresivos, está claro que es la mujer más hermosa de la habitación.

Hay una fila de tipos adinerados que se forma a su lado. La banda empieza a tocar y no necesito mi escucha de transformista para saber que la están invitando a bailar. Un hombre que duplica su edad la lleva a la pista de baile. Ella baila con él y a mitad de la canción el próximo se entromete y la reclama. Luego el siguiente. No hay sorpresa en su rostro cuando llega cada nuevo compañero. Tampoco finge disfrutarlo. Ella no conversa mucho con ninguno de ellos. Es casi como si estuviera arreglado previamente, con quién bailará y con quién no. Como si esta fuera la fiesta de bienvenida de Paloma y ahora estuviera disponible para el mercado de matrimonios.

¿Esa era la unión a la que se refería Thompson?

Paso junto a un hombre canoso que reta a su hijo.

—Concéntrate. Tenemos que ganar la subasta.

El hijo protesta y es golpeado por el bastón de su padre.

—Esta noche, medianoche. Después de eso, puedes hacer lo que gustes. —El padre empuja a su hijo hacia adelante y él, de mala gana, se dirige hacia Paloma cruzando la habitación.

—Probando la mercancía, —murmura otro hombre en la aparente fila.

Mi oso casi fuerza su salida. Quiero tirar la copa de champaña al suelo, arrancarme el traje y destruir a quien sea que se atreva a tocarla.

Pero busco otra gigantesca copa de merlot y me paseo hacia el centro, donde un tipo de treinta años con un reloj de setenta mil dólares y entradas en el cabello intenta guiar a Paloma entre las otras parejas que bailan. Sin molestarme en fingir que me tropiezo, le tiro la bebida encima. El líquido oscuro mancha todo su frente y empapa el caro algodón italiano.

—Ups, —digo.

El hombre maldice. Paloma da un paso atrás. Su abrigo blanco escapó de las manchas.

Su compañero de baile empieza a maldecir y lo miro, sosteniendo la mirada hasta que ve lo feroz que es mi oso y baja la suya.

—Será mejor que vayas a cambiarte. —Levanto una ceja —. Yo me encargo de esto. —Me paro frente a él y tomo la mano de Paloma, luego la pongo entre mis brazos.

Su aroma dulce me rodea y, por un momento, me siento

mareado. El dejo amargo es más leve y sólo puedo sentir su deliciosa piel, junto con el leve aroma a jengibre. Quiero lamer su cuello y probarla como se debe.

—¿Me permites este baile? —Le dedico mi sonrisa más cautivante y nos llevo hacia el vals que nos enseñó mi madre, Winnie, cuando sólo éramos unos adolescentes larguiruchos.

—Ah, ahora pregunta.

No me doy cuenta de si coquetea o está enojada.

No soy el tipo de oso enojón y distante que es mi hermano, Teddy. Aprendí a acercarme y encantar a los humanos para ganar en este rubro de corta gargantas. Pero, por primera vez, no me siento seguro. Por primera vez, realmente me importa si logro ser encantador o no.

Paloma me sigue paso a paso, apoyándose en mí y respondiendo a la más leve presión. Giramos juntos y bailamos como si para esto hubiéramos nacido.

—No me digas que preferías a tu otro compañero.

—¿Chad sin mentón? No.

Me río fuerte, pero ella levanta un hombro.

—Prefiero que me dejen sola. —A pesar de sus palabras, su mirada recorre mi rostro con lo que espero sea interés.

—Sí. Luce como que tienes una larga fila de pretendientes. —Miro para ver al padre de su antiguo compañero de baile hablando con su conjunto de guardaespaldas

Ella murmura algo.

—¿Lo siento?

Levanta el mentón.

—Debajo de todos esos músculos en realidad debes ser un hombre muy pequeño.

Guau. Bueno, ahora es personal. No estoy seguro de qué hice para inspirar ese ataque, pero a mi oso le gusta que pueda responder. Anoche me la imaginé acobardada por su padrastro y sus hombres.

—No lo sé, la mayoría de las mujeres piensan que soy más que adecuado en, eh, *ese* ámbito. —Levanto las cejas por encima de la máscara.

Sus guardaespaldas rodean la pista. Dos de ellos empujan a los bailarines para llegar por la pista hasta nosotros.

¿Qué carajos está pasando aquí? ¿Thom no se da cuenta del espectáculo que sus hombres están haciendo frente a sus invitados de Hampton? ¿No le importa?

El rubor aparece en sus mejillas y garganta por mi insinuación. Ella intenta alejarse, pero la mantengo junto a mi cuerpo, amo sentir sus curvas suaves. Giro nuestros cuerpos para bailar más lejos de los guardaespaldas que se acercan.

—Me das asco. —Sus fosas nasales se agrandan—. Cualquier hombre que apueste por la virginidad de una mujer debe ser *profundamente* inadecuado.

Sus palabras me golpean como concreto en el pecho. Dejo de bailar y la suelto de repente.

¿Apuesta por su *virginidad*?

¿*Eso* es lo que sucede este fin de semana? Oh, rayos no. No lo permitiré.

Mi sorpresa me distrae momentáneamente de los guardaespaldas que se acercan. Antes de poder responder, están aquí.

—Hora de irse, Paloma. —El idiota que la hacía comer anoche toma su codo.

—No se irá a ninguna parte, —gruño antes de recordar que debo esconder mi agresión.

Pero Paloma se suelta de mí.

—Cuidado. Todavía no soy tu propiedad.

Thom pone una mano sobre mi hombro.

—Parece que mi hija no desea bailar, Darius.

Rechino los dientes mientras los guardaespaldas la alejan, no sólo donde no puedo alcanzarla, sino fuera de la habitación. El concreto que me golpeó en el pecho ha bajado ahora a mi estómago. Quiero golpear a Thom hasta hacerlo papilla. Mi oso quiere destruir, pero me contengo.

He pasado los últimos quince años aprendiendo a controlar mis impulsos.

Cada acción debe estar bien pensada cuando vives entre buitres. Sobre todo cuando no eres de la misma especie que ellos.

No ganaré una pelea mano a mano contra cerca de cuarenta guardaespaldas que he visto en la propiedad. Necesito más tiempo, descubrir adónde llevan a Paloma, y liberarla del horror que parece ser su vida.

Me obligo a girar y sonreírle a Thom sin mucha expresión.

—Qué fiesta fantástica. Qué mal que tu equipo de seguridad siga dando un espectáculo.

—Supongo que soy sobreprotector de lo que cuido. Es mi peor defecto. —Baja el tono como si me estuviera contando un secreto. Necesito alejarme de él antes de golpearle la garganta. El aroma de Paloma se desvanece, y mi oso me urge a seguirlo antes de perder el rastro. Pero luego él dice algo que me hace concentrarme a mí y a mi oso —. Paloma no... está bien.

—Lamento escuchar eso. —Eso puede explicar la amargura de su aroma. ¿Un remedio quizá?— ¿Se puede hacer algo?

—Ya está hecho, mi chico. No es nada que los doctores no puedan solucionar. —Él me golpea el hombro de nuevo y mira más allá—. Ah, veo que me necesitan en otro sitio.

Al otro lado de la habitación, un grupo de billonarios

geriátricos están saliendo del salón junto a sus hijos. Thom se apresura a unirse.

Camino a su lado.

—¿Hay una reunión?

—Sólo unos asuntos personales. Nada por lo que tengas que preocuparte. —Él mueve una mano y dos guardaespaldas enormes me bloquean el paso—. Disfruta de la fiesta. —Sale de la habitación con sus amigos.

Doy un paso al frente pero me detengo cuando los guardias no se mueven.

—¿Fiesta privada? —Pregunto, señalando. El último Chad sin mentón es arrastrado por su padre y desaparece detrás de unas puertas dobles cerradas.

—Sólo con invitación. No está invitado.

Podría romperles la cabeza a estos dos bobos y perseguir a Thom, pero no es necesario. Ya sé qué está sucediendo detrás de esas puertas cerradas. La subasta. Thom está vendiendo a su hijastra como si fuera una princesa medieval.

Espero que las ofertas lleven un largo rato. Necesitaré eso para encontrar a Paloma.

Me encojo de hombros como si los guardaespaldas hubieran ganado y vuelvo a la pista hacia donde el equipo de seguridad se llevó a Paloma. Miro a un par de hombres rudos con traje que están en la salida, bloqueando el paso. Dos de ellos me miran mal y lucho contra la urgencia de darles un saludo descarado.

Tomo otra copa de champaña y la bebo. Un par de modelos están paradas en un círculo y lucen aburridas, así que me acerco a ellas.

—¿Ustedes chicas han estado aquí antes?

Dos de ellas niegan con la cabeza.

—¿Les gustaría un paseo?

Diez minutos después, camino por el jardín con un grupo de invitados que ríen. Un par de invitados normales me siguieron a mí y a las modelos. Todos están un poco más ruidosos de lo normal, probablemente porque los invité a tomar unos tragos antes de salir de «paseo».

—Por aquí. —Me acerco a una puerta que está cerca del ala oeste de la casa y le tapo la vista a todos con mi cuerpo para poder romper la cerradura—. Las mejores pinturas están aquí. —Guío al grupo al interior.

—¿Ese es un Picasso? —un par de personas se agrupan alrededor de la pintura cubista de una mujer.

—Así es, —digo—. Probablemente salga casi cien millones de dólares.

Como no hay señal ni aroma de Paloma, me quedo cerca de la puerta mientras los demás se acercan.

Siento su olor.

Ve, me alienta mi oso. Contengo la necesidad de salir corriendo por el pasillo.

—¿Tomaste algo? —Una modelo cerca de mí frunce el ceño, observa mi rostro—. Tus ojos lucen... raros.

—Ictericia, —le digo y ella me mira con desconfianza. Es demasiado inteligente como para creerse mi mentira. Le guiño el ojo para hacerla pensar que es todo una broma—. Tengo gotas para los ojos en mi habitación. Ya regreso. Creo que hay un Monet más allá y dando la vuelta a la esquina, —me alejo mientras la gente hace ruidos de satisfacción.

Sigo el aroma de Paloma por el pasillo. Me siguen una decena de invitados que me ven como su flautista de Hamelin.

—¡Ey! ¿Qué están haciendo aquí? —grita un guardia mientras tomamos otro pasillo. Ha atrapado a la parte trasera del grupo—. No se supone que estén aquí atrás.

Estoy fuera de su vista, pero suena a que él y los otros

guardias intentan llevar a los invitados de regreso a la pista. Los invitados arrogantes y ebrios se vuelven combativos, responden, me dejan libre de continuar con mi búsqueda.

Sigo el aroma fresco de Paloma por el pasillo. Estoy en las profundidades del ala oeste ahora. No he visto a ningún guardia, pero puedo escucharlos murmurar entre ellos adelante en algún sitio.

Camino a toda velocidad y paso por una puerta que huele mal. Me detengo y tomo el picaporte. Dentro hay una habitación pequeña y oscura, como una sala de revisión médica en un consultorio. Hay una mesa de revisión y no hay más muebles que un gabinete blanco que ocupa la pared y un refrigerador con puerta de vidrio.

De aquí viene el olor medicinal de Paloma. Thom dijo que Paloma no estaba bien, pero dio a entender que tiene el mejor cuidado médico que el dinero puede brindar. Su enfermedad debe ser seria si hay una habitación dedicada a la visita de un doctor aquí.

Me tomo un momento para buscar en los cajones del gabinete. Cajas de guantes médicos y jeringas, todo lo que necesitaría un médico o una enfermera para dar una dosis de medicina.

El refrigerador es del tipo que usan los farmacéuticos para mantener las vacunas a cierta temperatura. Tiene muchos estantes de contenedores llenos de un líquido azul.

Veneno, me advierte mi oso, pero eso tiene sentido. La medicina humana huele a veneno para un animal. Me obligo a abrir la puerta y olerlo, para ver si puedo detectar algo específico. El olor es agudo, como pequeñas navajas que cortan mis pasajes nasales. De cerca hasta un humano podría olerlo. Sé que los humanos usan compuestos fuertes para salvar vidas, como la quimioterapia que combate células cancerígenas, pero esto huele mal.

La sensación de que es urgente llegar a Paloma aumenta. El tiempo se acaba.

Ahora mismo está sucediendo la subasta de Thom y es la distracción perfecta. Necesito encontrarla antes de que se cierre la ventana de oportunidad.

Cierro la puerta y continúo. El aroma a Paloma sigue en el aire, una llamada de sirena para mí y mi oso. Me obligo a ir lento, a mirar si hay guardias.

Su aroma dulce y floral se vuelve más fuerte y sé que estoy cerca. Luego escucho su voz.

—No, —le está diciendo a alguien—. Quiero quedarme en mi habitación.

He llegado a la última esquina. El pasillo termina a unos seis metros de donde estoy parado. Paloma y un grupo de guardaespaldas están discutiendo frente a una puerta enorme y ovalada.

Estos tipos no llevan traje, sino uniformes negros de estilo militar. Thom tiene un ejército privado cuidando a su preciada Paloma. Muchos de ellos están muy armados.

—Te ayudaré. —El guardia más grande va a tomarla del brazo. Mis ojos brillan y tengo que contener a mi oso para que no erupcione.

—Puedo hacerlo, —dice Paloma de mala manera y el tipo baja la mano. El movimiento le salva la vida a él. Lo habría matado si la tocaba—. Puedo caminar. Sólo déjenme a solas.

—Entonces ve. —El jefe de los guardias, el que intentó hacerla comer a la fuerza anoche, se hace a un lado y Paloma desaparece. La enorme puerta se cierra detrás de ella. Es ovalada, como la que da a una bóveda de banco. Hay un ruido fuerte cuando se cierran todas las trabas.

Trabas que parecen encerrar a Paloma de una vez por todas por esta noche.

El jefe de guardias ordena a sus hombres que se dispersen. Algunos salen a patrullar, pero la mayoría se quedan de espaldas a la puerta.

Podría correr y atacar a la mayoría de forma sorpresa, pero desperdiciaría tiempo valioso rompiendo la puerta de bóveda. Además, alertaría a toda la mansión y habría otros treinta y cinco guardias por lo menos rondando la propiedad.

Necesito otra forma de entrar.

Camino por donde vine y vuelvo a salir al jardín. La habitación de Paloma está en el extremo del ala oeste, en una torre de piedra literal. Está prisionera como una princesa.

Los guardias patrullan el perímetro, pero miran hacia afuera, como si esperaran un ataque del camino.

Hay bastantes lugares donde apoyar los pies en la piedra y algo de enredadera de la que puedo sostenerme si lo necesito. Los hombres oso escalan muy bien.

Espero hasta que las nubes tapen la luna y comienzo a subir.

* * *

Paloma

La luz de la luna entra a mi habitación. La ventana cruje y partes de la enredadera bailan en el viento. Me paro a mirar hacia el cielo nocturno. Daría lo que fuera por poder abrir la ventana hacia la brisa marina. Golpeo mi mano contra el vidrio a prueba de golpes por frustración; luego me tiro en la cama y miro hacia el cielo de noche.

Me he puesto un conjunto rosa de cama para poder

relajarme. Mi libro está en la mesa de luz, pero estoy demasiado nerviosa como para acomodarme y terminarlo.

Al menos estoy sola. Solía odiar estar encerrada en mi habitación, pero ahora es un castigo que aprecio. Es mi última noche de libertad.

Me froto el brazo derecho. Mis bíceps están adoloridos por la inyección de esta noche. Estoy mareada por la medicina.

Hace un par de años, después de un control normal y una vacuna para la gripe, me mareé tanto que tuve que recostarme. Thom contrató médicos de todas partes del mundo. Todavía no saben qué me sucede, pero lo han acotado a algún tipo de enfermedad autoinmune. Thom restringe mi acceso a internet, así que no puedo hacer mis propias búsquedas, pero el cóctel de medicinas que me inyectan cada un par de días mantiene los síntomas bajo control.

En mi intento de escape más exitoso, salí de la propiedad sólo para colapsar dentro de las veinticuatro horas. La debilidad extrema es un efecto secundario de la enfermedad. Necesitaré inyecciones regulares por el resto de mi vida para seguir teniendo movilidad. De lo contrario, la debilidad se extenderá hasta que mis órganos dejen de funcionar.

Estoy agradecida porque la enfermedad responde al tratamiento. Pero ahora Thom tiene varias formas de mantenerme atada a esta vida: mi hermana y la medicina que me mantiene con vida.

Y piensa reproducirme. Hará que mis hijos sean ganado, como lo hizo conmigo. Nunca dejaré de pelear, pero no tengo idea de qué hacer. La esperanza es una luz tenue, desaparece en el horizonte.

Mi cabeza se siente mareada por la medicina, pero el retorcijón en mi estómago es por la subasta.

La ventana vuelve a crujir. El marco tiembla y luego el vidrio irrompible hace lo imposible. Se quiebra, explota hacia adentro y estalla en millones de pedazos.

Estoy helada, sin poder reaccionar. Mis ideas se mueven lento como si estuviera bajo agua y sólo puedo ver una forma oscura llenar el espacio vacío. El intruso hace una pausa antes de saltar con ligereza hacia el piso y pararse derecho. La luz tenue ilumina su cabello rubio salvaje.

—Hola, Rapunzel.

Capítulo cuatro

*P**aloma*

Es el vikingo. Aquí. En mi habitación. Acaba de trepar la torre y romper la ventana y ahora me sonríe como si esto fuera normal.

Me quedo boquiabierta. La electricidad corre por mi piel al verlo y me empieza a latir fuerte el corazón.

Obligo a mis extremidades pesadas a moverse y bajarme de la cama, poniendo la cama entre él y yo. Otra ola de mareo me invade. Me falta el aliento como si hubiera estado corriendo, pero finalmente encuentro mi voz.

—¿Qué estás haciendo? —Tomo lo primero que tengo a mano, mi libro grueso de tapa blanca, y se lo arrojo. Mi brazo se siente débil.

No es un buen tiro, pero atrapa el libro y lo voltea para ver la portada.

—Escuché de esta autora. ¿Es buena?

—Sal de aquí. —Señalo la ventana.

Él camina hacia adelante y apoya el libro sobre mi cama. El movimiento llama mi atención hacia sus hombros poderosos. Mi habitación se siente más pequeña con él aquí.

Levanta ambas manos.

—No quiero hacerte daño.

—Lo sé. —Lo digo antes de darme cuenta de que es verdad. Me siento a salvo con él. Hay una atracción entre nosotros. Se interesa en mí del mismo modo que me intereso en él. De la vieja forma, chico que gusta de chica. No sólo como «te deseo porque ganas billones de dólares» aunque seguro quiera eso también.

Camina alrededor de la cama, acercándose. No tengo adónde retroceder, sino que me quedo en el lugar, fascinada por sus movimientos fluidos.

A un par de pasos de distancia, se detiene.

—No me tienes miedo.

—No, —concuerdo—. Pero no deberías estar aquí.

Todavía no he gritado para pedir ayuda. No sé por qué no. Una parte de mí no quiere ver que mis guardias invadan mi espacio personal y lo destrocen.

Una parte de mí quiere saborear el momento. Es enorme y apuesto y mi cuerpo recuerda la gentileza con la que me sostuvo cuando bailamos. El encanto de su sonrisa.

El aire frío de la noche invade mi habitación y me pone la piel de gallina. Estoy más que consciente de lo que tengo puesto. Una seda fina cubre mis pechos y mi sexo desnudo y no hace nada por proteger a mis pezones duros.

Para darle crédito, el vikingo sólo me mira a la cara.

—Vamos, Rapunzel. —Él me ofrece una gran manota.

La miro rápido y luego me quedo hipnotizada. ¿Qué haría un hombre grande como él con esas manos sobre mi cuerpo?

Guau, ¿por qué pienso en eso?

Ah sí, porque la subasta por mi virginidad es esta noche y este tipo decidió saltearse la fila y llevarme sin pagar.

Realmente debería gritar. Pero Thom lo mataría. Ahora

estoy segura de que mató a mis padres y sé que esos guardias no están de adorno. ¿Quién sabe cuántas muertes orquestaron por Thom? Y por alguna razón, aunque el hombre en mi habitación debe ser igual de desagradable, no quiero que muera. Me fascina.

Me voy hacia atrás.

—Tienes que irte. No es seguro.

—*Tú* no estás a salvo. Por eso estoy aquí, princesa. —Da un paso adelante y me llama. Sus ojos tienen un brillo extraño, brillante y de color miel como la luna de verano—. Chad sin mentón está haciendo una oferta por ti ahora mismo. Salgamos de aquí antes de que él o algún otro pene flácido se declare como ganador.

—¿Porque tu pene no es flácido? —Me cruzo de brazos y levanto una ceja, pero se me pone el cuello rojo cuando realmente me encuentro pensando en esa parte de su anatomía.

Bien, bueno, miraré.

Hay un gran bulto en sus pantalones que me dice que el síndrome del pene flácido *no* es un problema para este tipo. Em, sí. *Para nada.*

Intento tragar y no puedo mientras vuelvo a pensar en cómo sería que este hombre gigante tomara mi virginidad.

El calor florece bajo mi piel y se esparce por mi barriga hasta mi pecho. Me niego a creer que estoy reaccionando a él. Debe ser la medicina que me da calores.

El vikingo inclina la cabeza como si escuchara algo al otro lado de la puerta aunque yo no oigo nada.

—Vamos, Paloma. —Me vuelve a llamar, perdiendo el aire casual de seducción. Ahora hay urgencia en su tono—. Tenemos que irnos. Ahora.

La habitación se mueve un poco por la medicación. No estoy firme parada.

Alguna parte inconsciente de mí quiere ir con él. Pero no puedo volver a escapar: Thom se desquitará con Wren.

Niego con la cabeza.

—No puedo ir contigo. Si me quieres, debes hacer tu oferta con los demás.

Preferiría que él ganara la subasta. Pero es evidente que no tiene los fondos para eso o no habría escalado la pared por fuera para entrar en mi habitación.

Vuelve a girar la cabeza y escucha algo que yo no oigo.

—Bueno, princesa. Lo siento por esto. —Acorta la distancia entre nosotros, se inclina y pone su hombre en mi cadera y se endereza, efectivamente levantándome como una bolsa de papas sobre su espalda—. Tendremos que hacer las cosas a mi manera.

Mi estómago da un giro mientras el mundo se pone de cabeza. Toco sus pantalones, pero todo lo que logro hacer es sentir sus músculos y glúteos duros como el hierro.

—¡Detente! —Es entre un grito y un susurro. Ya elegí; no haré que lo maten levantando la voz.

Pero debería. Porque puede que él logre que me maten a *mí* si nos vamos sin mi medicación. O que maten a Wren si Thom piensa que soy parte de esto.

—No puedo... no puedes... ¡Detente!

Pero es demasiado tarde. El vikingo de algún modo logra salir por la ventana conmigo sobre su hombro, *una hazaña imposible*, y empieza a escalar la pared. Tiene que soltarme para sostenerse de la enredadera con ambas manos y me balanceo sobre su hombro.

—¡Ay! —Mis brazos no funcionan bien, pero hago lo mejor que puedo por sostenerme de su cintura y evitar caer y romperme el cuello—. Peso demasiado para que me lleves. ¿Intentas matarme? —Estoy gritando-susurrando.

Pero no moriré porque los movimientos del vikingo son

tan hábiles que ya estamos cerca del piso. Tampoco me hace sentir pesada. Lo hace parecer como si fuera liviana como una pluma.

—No, corazón. Intento salvarte.

Mi cabeza está llena de humo, pero intento entender sus palabras.

Salvarme. El vikingo está aquí para salvarme. El giro de las novelas con un gran romance.

Llegamos al suelo, pero no me baja; corre por el patio conmigo todavía sobre su hombro.

El ruido y la actividad de la fiesta debe protegernos de que los guardias se den cuenta porque el vikingo logra dar una gran vuelta antes de que nos vean.

—¡Detente ahí mismo! —Uno de ellos vocifera. En su auricular, grita—— La mercancía ha sido robada. Repito, ¡la mercancía ha sido robada!

Hay gritos a todo nuestro alrededor.

El vikingo se detiene un momento, gira y observa todo antes de correr más rápido de lo que debería ser humanamente posible hacia el bosque.

—¡Ayuda! —Grito, no porque quiera que me salven, pero para asegurarme de que Thom no piense que soy cómplice de esto. No quiero que la vida de Wren esté en peligro por este plan tonto.

Alguien dispara. Desde los establos, Starlight llora como si supiera que estoy en peligro.

Escucho otra voz gritar,

—¡No disparen! ¡No disparen! No lastimen la mercancía.

Ser descripta como mercancía me hace querer vomitar.

No, en realidad es colgar boca abajo sobre el hombro gigante de un tipo que esquiva árboles oscuros. Además de la medicina que todavía me tiene descompuesta.

Supongo que mi secuestrador realmente es vikingo hasta en los ataques y saqueos. Qué mal que haga que nos maten a ambos.

Golpeo su espalda.

—¡Esto no me salvará!

* * *

D*arius*

Paloma tiene miedo.

Me doy cuenta porque su aroma cambió a miedo metálico cuando empezaron a disparar. Casi me transformé porque mi oso quería destrozar hasta el último imbécil en pedazos. Antes de eso, podría haber jurado que detecté el leve aroma dulce de su excitación, como si a alguna parte de ella le gustara ser llevada sobre mi hombro.

Ahora está enloquecida y quiero matar al idiota que disparó su arma. Estoy bastante seguro de que disparó al aire para alertar a los demás porque, ¿qué idiota dispararía en la oscuridad hacia «la mercancía»? De todos modos, casi me tienta dejar salir a mi oso para que le arranque todas las extremidades. Pero no hay tiempo de destrozar todo y no confío en que mi oso no lastime a Paloma mientras hace eso.

Necesito sacar a Paloma de aquí y calmarla.

Preferentemente sin ropa.

Ups. Olvida ese pensamiento totalmente inapropiado.

Es sólo que lleva los pantalones cortos de satén y la camisola más deliciosa sin absolutamente nada más y tengo la alocada idea de que quiero marcarla ahora para que estos tarados no se le acerquen.

Aunque los humanos no reconocerían mi reclamo sobre ella.

Y *realmente* quiero reclamarla.

—¡Bájame! —Paloma me golpea la espalda con los puños.

—Espera. Te sacaré de aquí, —le digo. Corro por el bosque oscuro. El cielo por encima está nublado y aprovecho la oscuridad para pasar por el territorio de Thom hacia el camino. Por ahora hemos sobrepasado a los guardias.

Salgo disparado de los árboles hacia el camino. El ruido de un motor me dice que viene un coche.

Perfecto.

Una Lamborghini negra se nos acerca. Me doy cuenta por cómo el coche toma la curva que el conductor está ebrio. Es uno de los invitados de Thompson que sale de la propiedad, no una guardia.

El conductor no me ve a tiempo para frenar, pero saco una pierna y lo detengo con el pie en la parrilla. Las llantas de atrás se deslizan hacia un costado. La parrilla se dobla y se le hace un bollo debajo de mi pie.

Paloma patalea. Todavía no la bajo, no hasta llegar a la puerta del pasajero, abrirla y ofrecerle la mano a la pasajera que está adentro, una de las modelos plásticas de la fiesta.

—¿Estás bien? —pregunta el conductor ebrio. Lleva un esmoquin, todavía su máscara, que está torcida sobre su rostro. Una nube blanca de cocaína alrededor de su nariz y la de su cita me recuerdan que eran parte de mi grupo de paseo.

—Ah, ¡eres tú! —se ríe la modelo. Toma mi mano y la ayudo a salir del coche, luego pongo a Paloma gentilmente en su lugar.

—¿Qué estás haciendo? —exige saber el idiota en el asiento del conductor.

—Sal. Es una emergencia. Necesita atención médica, —digo de forma cortante.

No es una mentira. Sus reacciones son lentas y asumo que es por la medicación que le dieron. De otra forma creo que sería más difícil de manejar.

—¿Qué? Ah, maldición. —Las reacciones del conductor son más lentas que las de Paloma.

Ya le ajusté el cinturón de seguridad y cierro su puerta.

Corro alrededor del coche, abro la puerta del conductor y saco al tipo. Olvidó ponerse cinturón.

Qué mal por él.

Lo arrojo al costado y me pongo detrás del volante antes de que Paloma pueda abrir su puerta. Está tocándola, pero sus reacciones son lentas.

Pongo el pie en el acelerador y salimos disparados, acelerando de cero a noventa en unos tres segundos.

Mierda. Esto es divertido. Mantengo el pie presionado y miro cómo el velocímetro sube a cien. Ciento diez. Ciento quince millas por hora.

Definitivamente elegí el coche correcto para robar.

La mano de Paloma sigue sobre la manija como si estuviera considerando si puede abrir la puerta y saltar.

—Cuidado, princesa. Vamos demasiado rápido como para sobrevivir un salto, —le advierto.

Ella mira por encima de su hombro hacia atrás a las todoterreno que ahora están en el camino.

—Sí, eso veo. Pero nos encontrarán, saben.

—No si puedo evitarlo.

Busco mi teléfono en el bolsillo y marco el número de un lobo transformista que conozco. No Brick Blackthroat, el alfa con el que boxeo en el gimnasio, sino su secuaz, Scully.

—Scully, hola, —digo cuando responde—. Darius Medvedev. El, eh, —intento pensar en una palabra clave para *oso*, pero me interrumpe.

—Sí, por supuesto. Sé quién eres. ¿Qué sucede?

—Necesito un lugar seguro, fuera de la ciudad. ¿Puedes ayudarme?

—Sí. ¿En dónde estás ahora?

—Hamptons.

—Entendido. ¿Tienes cómo transportarte? ¿Rhode Island está demasiado lejos?

Respiro.

—Es perfecto.

—Te enviaré una ubicación.

—Genial. Gracias.

—¿Necesitas protección?

—No, puedo.

—¿Te importaría decirle qué sucede? Sé que los de tu tipo suelen moverse solos, pero...

—Estoy bien. —Lobos. Su idea de *manada* o *muerte* es simplemente demasiado—. Me comunicaré si necesito ayuda. Aprecio la oferta.

—Sip. —Scully corta la llamada sin más cortesías. Aprecio a un tipo que valora la eficiencia por encima de la pavada.

Paloma me mira fijo con grandes ojos café.

—¿*Un lugar seguro?* —exige saber—. ¿*Quién* eres?

Le dedico una sonrisa.

—Darius Medvedev, a tu servicio.

—¿Servicio? ¿A eso le llamas sacarme de mi habitación a mitad de la noche? —Ella mira hacia abajo a su pijama diminuto de satén—. ¿Sin ropa?

No quiero hacerlo, pero miro sus increíbles y enormes pechos moverse debajo de la fina tela de satén de su camisola. Las comisuras de sus labios se levantan.

—No logro ver cómo ese aspecto en particular de nuestra aventura es un problema.

—Ah, ¿así es como te refieres a esto?

—Tenía que sacarte de allí.

Ella mira a sus espaldas pero conduzco a más de 160 kilómetros por ahora. Las luces de las todoterrenos que nos siguen se vuelven más y más pequeñas.

—Tienes que llevarme de regreso.

—No sucederá, princesa.

—No lo entiendes. Thom no es un hombre bueno. Te matará. Nos matará a ambos si piensa que soy parte de esto.

—Sí, me imaginé.

Te tenía *encerrada en tu habitación* como una prisionera. Con hombres que *hacen una oferta por tu virginidad* esta noche. Sé que mis ojos están brillando otra vez porque puedo sentir que mi oso lucha por salir. Quiere desmembrar a cualquier hombre que haya pensado en desflorarla.

Ella alterna entre mirarme fijo y observar los vehículos que nos siguen.

—Además, ¿cómo puede una mujer tan bella como tú seguir siendo virgen? —Niego fuerte con la cabeza—. No importa, lo sé. Es porque has estado encerrada en esa torre toda tu vida.

Intento no volver a mirar y fallo. Sus pezones se han endurecido hasta ser puntos duros debajo de la fina tela. Hasta en la oscuridad puedo ver algo de color que viaja desde su cuello y se expande sobre su hermoso escote.

—¿No sabías sobre la parte reproductiva hasta que te lo dije en el baile, verdad?

Mi oso casi erupciona hacia la superficie en ese momento. No sé si es por el enojo que me da la idea de que la reproduzcan o por el interés animal de reproducirme con ella yo mismo. Antes de poder frenarlo, un gruñido sale de mi pecho.

—No, —gruñe mi oso antes de ponerle correa. Necesito controlarlo antes de que haga algo incluso más descuidado que robar a una bella doncella de su alta torre. ¿Qué sucede con esta mujer que me hace casi perder el control?

—¿Por eso te arrastraste hasta mi ventana para salvarme?

—Ya estaba intentando entender por qué Thompson te tenía bajo una custodia permanente. Pero sí, esa fue razón suficiente para arriesgar mi posición en el mundo de Thompson y sacarte de allí.

Ella me analiza.

—Pensé que también apostarías por mí.

—Me imaginé.

—Pensé que serías la idea perfecta de Thom de un semental perfecto.

—¿Por qué?

—Ah, no lo sé, ¿porque duplicas en tamaño a otros hombres y puedes nadar en el océano helado sin camisa?

Me tiemblan los labios.

—¿Piensas que debería haber nadado con esmoquin?

—Cállate.

—¿Eso te impresionó, Rapunzel?

—De ninguna forma. —Sus músculos internos se aprietan y el perfume dulce de su excitación llena la pequeña cabina del coche.

Sí, estuvo impresionada.

La admiración es mutua.

—Sólo pensé que Thom te hacía elegido porque eres un perfecto —ella me señala con una mano— *espécimen* o algo así.

—Juro que no sabía nada de la subasta, Paloma.

—Entonces no eres parte del plan macabro. En ese caso... —Ella mira por la ventana y siento que es para esconder su rostro. El aroma de su excitación se hace más fuerte.

Mi pene se mueve como respuesta. Justo debajo de la superficie, mi oso se mueve y sacude en su jaula.

Déjame salir.

Mi sangre se mueve rápido hacia la cintura. La animo,

—¿En ese caso?

—En ese caso... —Ella estira el cuello para mirar detrás de nosotros. Estamos bastante lejos del peligro ahora, yendo a más del doble de velocidad que los otros coches. En un par de kilómetros, cambiaré de autopista hacia Rhode Island. Ella voltea y me mira, pensativa—. Darte mi virginidad sería la forma perfecta de sabotear los grandes planes que Thom tiene para mí.

Capítulo cinco

P*aloma*

Darius produce un extraño sonido de gruñido y pisa el acelerador. Pensé que íbamos rápido, pero ahora realmente está acelerando. Me sostengo de la manija de la puerta del coche deportivo que «tomó prestado» y miro el velocímetro. Ciento ochenta y cinco kilómetros por hora.

¿Está corriendo para llevarme a la cama?

Mi corazón se acelera junto con el coche.

Esto realmente está sucediendo. El vikingo me llevará a la cama.

Me quitará mi flor.

Se *reproducirá* conmigo.

Lo sé, definitivamente leí demasiadas novelas de romance histórico. Pero el horror del plan de Thom se vuelve mucho más pasable cuando mi vikingo es el semental en cuestión. Quizás esta solo sea mi forma de retomar el control se la única manera limitada que tengo. Me da satisfacción asegurarme de que no quede virginidad que subastar cuando Thom me alcance.

Pero no es sólo eso.

Tengo veinticuatro años. He sido prisionera los últimos diez años de mi vida, sin televisión y con acceso limitado a internet. Montar a Starlight y leer novelas de romance han sido mis únicos placeres. Y sí, esas novelas pueden haber inspirado un interés sano en el sexo.

Quiero saber cómo sería ser reclamada por este vikingo saqueador.

Quiero guiar su miembro latiente hacia mi coño latiente o como se diga. Lo quiero.

Con él.

Y a juzgar por la carpa en los pantalones de su esmoquin, él también lo quiere.

Pasa rápido junto a un cartel y frena de golpe, luego gira a una velocidad que hace que las llantas chillen.

Mi cuerpo se golpea contra la puerta y me sostengo de la manija. Estaría alarmada pero se comporta con mucha seguridad, tanta eficiencia, que estoy segura de que sabe lo que hace. Me siento extrañamente segura con él a pesar del hecho de que me puso a mí y a Wren en un terrible peligro.

Sólo iré con él por esta noche. Me desfloraré con su pene gigante de vikingo y luego me escaparé para volver con Thom.

Esa es la única forma de asegurarme de que Wren está a salvo.

Además, necesitaré mi medicamento en cuarenta y ocho horas o podría morir.

Los árboles oscuros pasan rápido junto a mi ventana. Volteo para mirar por encima del hombro, pero los hombres de Thom están muy lejos. Puede que realmente logremos escapar.

Alejándonos a toda velocidad de Lockepoint, me siento

más segura que en los diez años desde que murieron mis padres.

—Fueron *asesinados*.

Pero sólo porque estoy momentáneamente libre de Thom y sus planes cobardes, eso no significa que la pesadilla haya acabado.

Pero es un descanso momentáneo.

Con un vikingo extremadamente sensual que literalmente me llevó en su hombro. Fue demasiado similar a la fantasía que tuve de que me llevara a cuestas de la playa.

Es emocionante y aterrador a la vez salir de la propiedad de Thom. No he salido de esa parcela de tierra desde que intenté escapar hace cinco años. Esa vez entré a la casa de vacaciones de alguien por el camino. Sabía que los vecinos nunca usaban sus casas de verano. Me encerré allí una noche, intentando comunicarme con Wren en su escuela pupila, pero las monjas no me dejaban hablar con ella.

Eso fue antes de saber cuánto dependía del medicamento. Me desmayé la siguiente mañana. Los guardias de Thom me encontraron esa tarde y me llevaron de regreso a Lockepoint. El doctor dijo que casi muero.

—Aunque realmente me *encante* que tomar tu virginidad sea una posibilidad, no es por eso que te reclamé. Eh, tomé. Como sca. —Sus ojos brillan por algún extraño truco de la luz.

Dios, son hermosos. Su cabello luce más largo que anoche, casi como si hubiera crecido para estar acorde a mi fantasía. Estar con él en este pequeño luce le provoca cosas locas a mi cuerpo. Hay un latido lento entre mis piernas que se vuelve más insistente a cada momento.

—Creo que prefiero el término *reclamar*.

Sus cejas se levantan y se ahoga un poquito.

—¿Qué?

—Sí, va bien con tu vibra de vikingo merodeador.

Le tiemblan los labios.

—¿Mi qué?

—Escucha, esta es mi fantasía. Yo controlo la narrativa de mi desfloración.

—Absolutamente. —La palabra sale disparada de su boca—. Absolutamente, así es. Su miembro está grueso e hinchado junto a una pierna. Me tienta estirarme y tocarlo por encima de sus pantalones.

—Lo haré —se aclara la garganta—, seré tu vikingo merodeador si eso quieres de mí. Pero, como dije, esto no se trata de eso.

En todo lo que puedo pensar es en sexo, cómo sería con Darius. ¿Él estaría arriba? ¿Me lo haría desde atrás? ¿O yo debería controlar toda la escena y subirme a su cintura para mi primera vez?

Pero sus palabras finalmente me llegan.

—¿Sobre qué se trata entonces? Ni bien lo digo, me doy cuenta de que no quiero saberlo.

Logré escaparme de Lockepoint, al menos por esta noche.

Tendré sexo por primera vez con este hermoso extraño.

No quiero pensar en todo el resto de la fealdad de mi fea vida. Estiro el brazo y pongo mis dedos sobre sus labios exquisitos.

—No, espera. —No dejo que hable—. No me lo digas. ¿Puedo simplemente tener esta fantasía? ¿Sólo por esta noche?

Él separa los labios y siento la barba dorada a su alrededor mientras toma mis dedos en su boca y succiona.

Los dedos no son eróticos. Al menos, no habría pensado

que lo fueran. Pero siento una respuesta entre mis piernas, como si mis dedos y mi concha estuvieran unidos.

Un gemido suave sale de mis labios. Mi sexo se pone más húmedo. Desearía tener bragas porque temo que mi excitación quede en todo el asiento del coche.

—¿Quieres que haga de vikingo esta noche para ti? —La voz de Darius es rasposa.

Cuando saco la mano, toma mi muñeca y la sostiene.

—¿Esta es la medicación hablando? —Pone mis dedos de nuevo en su boca y me muerde levemente los nudillos.

—¡No! Definitivamente no. Esta soy yo controlando mi propio destino. Yo elijo a quién le doy mi virginidad y te elijo a ti.

Él lleva mi dedo índice a su boca y succiona, su lengua se mueve a su alrededor.

Gimo. Mis pezones son dos puntos duros, mis pechos se sienten pesados. Por Dios, podría acabar sólo con que me chupe los dedos.

—¿Me elegiste *a mí* para tomar tu virginidad? —Su voz es una octava más grave que antes, lo que parece imposible ya que era barítono. Algo acerca de la luz en el coche hace que sus ojos se vean dorados—. ¿Un tipo al que ni siquiera conoces?

Parece estar luchando consigo mismo porque al mismo tiempo que discute conmigo, baja mi mano por su cuerpo musculoso hasta llegar al tronco que es su muslo. De allí, sé dónde se dirigirá. Es adonde quería ir. Deslizo mi palma sobre la forma gruesa de su pene y me maravillo por lo duro y largo que es.

—Elijo al vikingo. —Mi voz está rasposa—. Ese eres tú esta noche.

—Ah. —Siento que su barriga se sacude hacia adentro y

afuera mientras acaricio su largo lento con los dedos—. Ya veo. —Su respiración es entrecortada.

Quito la mano y me acomodo.

—Pero si no quieres... —Por primera vez en la vida siento el poder que tiene una mujer sobre un hombre.

Esta es la razón por la que tipo como Thom las tienen captivas o las obligan a reproducirse. Están trabajando duro para conquistar algo que los asusta. Eso podría controlarlos si no tienen cuidado.

Él vuelve a tomar mi muñeca y la lleva a su boca. Esta vez, separa los labios y los mueve sobre mi pulso, inhalando profundamente como si mi aroma tuviera algún poder erótico sobre él. Lo que es extraño porque no llevo ningún perfume. ¿Por qué tendría que oler bien la chica de la torre?

—Estoy dispuesto, princesa. Seré tu vikingo. Seré lo que sea que quieras esta noche. Como dijiste, es tu fantasía. ¿Quién soy para negarle a una mujer sus deseos más profundos?

Un pequeño orgasmo me recorre por fin. Mi trasero se levanta del asiento y mis muslos se cierran con fuerza mientras los músculos se tensan.

El vikingo me mira.

—¿Acabaste?

Me falta el aire. Esta fantasía es fantástica.

—Sí.

Él niega lento con la cabeza y desaprueba, todo mientras sigue conduciendo al límite de velocidad y pasando algunos coches que están en la autopista esta noche.

—Princesa atrevida. Eres el premio del vikingo. ¿No lo sabes? —Sus ojos brillan con las luces de un coche que se acerca—. No puedes acabar sin permiso.

La piel entre mis piernas se eleva y se tensa.

—Si vuelves a hacerlo, tendré que ponerte sobre mis rodillas y darle un castigo vikingo real.

* * *

Darius

Yo también estoy por acabar en mis pantalones.

Déjame salir.

Mi oso rasguña para liberarse.

Tengo el pene más duro que una piedra. Debería prestarle más atención al camino y vigilar si hay policías ya que estoy conduciendo un coche robado a más de cien kilómetros por encima del límite establecido, pero Paloma acaba de decir que quiere que la *reclame*.

Sé que ella no tiene idea de lo que eso significa para mí, pero mi oso escuchó lo que escuchó.

Y está *más* que de acuerdo.

Mierda. Tengo que ser cuidadoso. Mi oso está salvaje. Totalmente incivilizado. Descontrolado.

Si toma el control cuando esté tocando a Paloma, si intenta marcarla y reclamarla permanentemente como nuestra, ella podría estar en peligro en serio. No es que quisiera lastimarme, pero es una humana frágil. Él es una bestia feroz. Si intentara marcarla, ella podría morir.

No puedo dejarlo salir cerca de ella. Jamás.

Paloma gime ante mis palabras. Necesito controlar la situación.

—Esto es lo que quiero que hagas, princesa. —Uso mi voz de junta, con la que mis empleados se abalanzan por complacerme—. Haz ese asiento hacia atrás.

Ella obedece y lucha con los botones del costado del asiento hasta encontrar el indicado.

—Buena chica.

Ahora, pon tus dedos entre las piernas y cierra los ojos. Pon esa vagina bien mojada para mí mientras piensas en lo que te hará tu vikingo cuando te lleve a su guarida. ¿Entendido?

Sus dedos se deslizan hacia sus pantalones cortos de satén y ella apoya la cabeza hacia atrás en el asiento reclinado.

—Iré protestando, —me advierte mientras cierra los ojos.

—Entonces tendré que obligarla a obedecer. ¿Le gusta que la obliguen?

—Le gusta que la lleve sobre su gran hombro fornido. Quizás necesite que la aten, algo suelto, por supuesto. Y... —su voz tiembla un poquito— quizás la otra cosa que mencionaste.

Escondo una sonrisa.

—¿Unas buenas nalgadas fuertes sobre mis rodillas?

—Quizás no tan fuertes, —dice con una voz bajita.

Me río.

—Tendrá la noche de sus sueños.

Paloma sigue mis instrucciones y mantiene los ojos cerrados y los dedos moviéndose entre sus piernas. Pero eventualmente, como esperaba, se queda dormida.

Gracias al cielo. Quedan al menos otras tres horas hasta el lugar seguro y mi pene estaba por explotar si seguíamos con el juego previo.

Acelero por Connecticut y vigilo que no haya patrullas. Mientras conduzco, empiezo a comprender la locura de mis acciones.

Dejé que mi instinto de oso tomara el control cuando saqué a Paloma de las garras de Thompson.

No lo lamento, ni siquiera un poco. Sólo tenerla a mi lado en el coche me hace sentir una emoción salvaje. Pero me doy cuenta de que habrá consecuencias drásticas. Thompson es un hombre muy poderoso.

Acabo de declararle la guerra a un billonario malvado y excéntrico que claramente no tiene un compás moral. A diferencia de Thompson, no tengo buenos contactos. No tengo cómplices en todas las oficinas importantes cuyos bolsillos abulté para asegurarme de que mientras, roben y engañen por mí.

Soy nuevo en Wall Street. No nací con dinero; lo creé de la nada. Y sólo recientemente llevé a mi empresa a las nueve cifras. Ni siquiera tengo el poder de una manada que me respalde como Brick Blackthroat y los hombres lobo de Wall Street.

Vengo de una pequeña familia adoptiva heterogénea de las montañas rurales de Nuevo México. Claro, puedo llamar a mis hermanos para pedir protección o armas, pero si algo les sucediera a alguno de ellos, le rompería el corazón a mi madre. Y ya le he roto suficiente el corazón.

Mi oso salvaje y su destrucción alocada en mi adolescencia la cansó tanto que se puso a hibernar. Mi propio hermano gemelo no me habla por eso.

Podría mantenerlo local y llamar a Brick Blackthroat y a su manada de lobo para que me ayuden, pero es mucho que pedir y él no tiene obligación de apoyarme. Acaban de tener un terrible conflicto interno porque Brick eligió a una humana como su luna y perdieron a cientos de miembros por las luchas internas.

De todos modos no puedo solo contra Thompson; no sólo podría llevar a mi propia ruina financiera y profesional, sino, como advirtió Paloma, a nuestra muerte.

Ni siquiera puedo pensar más allá del dilema inmediato de mantener a Paloma a salvo. Mi oso quiere reclamarla. Aunque estuviera de acuerdo, no puedo ponerme en pareja con una humana. Mi oso es demasiado volátil. Las humanas son demasiado frágiles.

No.

Simplemente tendré que pensar en cómo liberar a Paloma de su padrastro malvado y luego dejarla ir.

Mi oso gruñe, no es un eco de gruñido bajo la superficie, sino un rugido feroz real que sale de mi boca y rebota en el coche.

Paloma se levanta del susto, se sienta hacia adelante y grita.

—¿Qué fue *eso*?

Capítulo seis

P*aloma*

Me despierto acostada en la cama con mi vikingo.

Me volví a dormir después del ruido fuerte de la motocicleta que me despertó en el camino. Darius me dijo que ya casi llegamos y que me despertaría entonces, pero supongo que es un mentiroso. Me debe haber entrado sin despertarme, lo que es una locura. O bien la medicina me puso más somnolienta o confío completamente en este tipo. Además, soy pesada, como siempre remarca Thom.

Me siento y miro a mi alrededor. Estoy tapada, pero Darius está encima de las sábanas, totalmente vestido, como si se hubiera quedado dormido todavía de guardia. La «casa segura» no es el búnker atrincherado que imaginé. Es una casa de playa lujosa. La luz entra por las ventanas de la habitación en la que estamos, que da al océano.

Salgo de abajo de las sábanas con cuidado de no despertar a Darius para investigar. Descubro que estamos en una casa de vacaciones lujosa con tres habitaciones hermosas. Uso uno de los baños y me lavo el rostro. En la canasta debajo del lavamanos, encuentro productos de emergencia de baño que alguien podría necesitar: cepillos de dientes de viaje sin abrir y pasta, mini botellas de enjuague bucal, peines envueltos individualmente. Hasta protector solar y bálsamo labial. Me cepillo los dientes, peino el cabello y pongo algo de bálsamo en los labios.

Luego investigo la cocina. Las alacenas están llenas de productos enlatados. No moriremos de hambre aquí.

Hay una máquina de Nespresso elegante que me lleva un rato entender, pero cuando lo hago, produce una increíble taza de café. Abro una caja no perecedera de crema batida para ponerle y hacerlo más liviano.

—¿Paloma? —Me llama Darius desde la habitación, con una clara nota de pánico en la voz.

—Estoy aquí, —le respondo. Pongo una segunda cápsula en la máquina y acomodo una taza por debajo para prepararle uno.

Sale de la habitación. Está descalzo, pero sigue llevando su camisa arrugada de esmoquin y los pantalones de abajo. Ya no tiene el moño y la camisa negra está abierta en la garganta que revela unos risos dorados sobre su pecho debajo de su camiseta.

Él se frota la mandíbula. Juraría por dios que creció anoche a una barba y bigote con todas las letras y que su cabello también debe estar más largo. Pero eso es imposible. Debo estar confundido.

—No puedo creer que no te escuché levantarte.

Me había olvidado de lo grave que es su voz. Lo mucho que disfruto de su rebote profundo.

—Estoy segura de que estabas cansado. ¿A qué hora llegamos?

—Cerca de las cinco a.m. Pero no suelo dormir pesado. —Su mirada hacia mí es somnolienta y especulativa—. Debo confiar en ti.

Sus palabras me sorprenden.

—Eso es extraño, —murmuro.

—¿Qué?

—Sólo que... tuve la misma idea cuando desperté. —Aparto mi cabello de mi rostro—. Es extraño que no despertara cuando llegamos.

—Mmm, —responde.

La máquina Nespresso termina y tomo la taza llena y se la ofrezco.

—¿Crema?

—Gracias, princesa. —Él estira el brazo y me encuentro maravillándome por lo sensual que es el reloj en su muñeca. No porque sea una pieza cara de diseñador, cuando lo es, sino por la belleza de su muñeca y antebrazo. El ancho hueso de su muñeca probablemente sea del doble del tamaño del mío y el cabello rubio de su grueso antebrazo musculoso son el fondo perfecto para su Rolex, o lo que sea que es.

Pero todo acerca de este gigante es profundamente atractivo para mí.

Sus dedos se cierran alrededor de la taza, rozando los míos. Las mariposas vuelan en mi estómago por el roce.

—Sí, por favor, a la crema.

¡Esa voz estruendosa! Mueve más mi interior.

Agrego crema de la pequeña caja a su taza mientras él me mira con apreciación.

No hay planes siniestros ni complicados en su mirada. No me corta y recorta como lo hace Thom. Este hombre tiene una presencia que parece sostenerme. Mi cuerpo puede relajarse a su alrededor, como si supiera que estoy a salvo. No tengo que mantenerme alerta.

Lo que es una mentira.

No estoy a salvo. Y aunque no creo que Darius fuera a lastimarme, *estamos* en un terrible peligro.

Darius bebe su café y me mira por encima de la taza.

El recuerdo de las cosas que me dijo anoche me invade. *Buena chica. Pon esa vagina bien mojada para mí mientras piensas en lo que te hará tu vikingo cuando te lleve a su guarida.*

Ah, Darius.

No puedo quedarme aquí con él ni dejar que lo maten por mi culpa. Mi mejor plan es salir de aquí, alejarme de él y contactar a Thom. Puedo intentar explicar el comportamiento de Darius. Estaba ebrio. Enfiestándose en el jardín. Pensó que sería divertido trepar y sacarme de allí y estaba demasiado ebrio como para entender que no quería que me llevara.

Ah. Thom probablemente no se lo creería. Quizás hago un trato por teléfono con mi padrastro; regreso y deja a Wren y Darius en paz.

Algo así.

Todo lo que sé es que tengo que salir de este hermoso refugio seguro pronto.

Pero antes de hacerlo, tendré sexo ardiente con el vikingo. Esta puede ser mi única oportunidad de hacer algo que quiero en la vida.

—Bueno, ¿vikingo? —Lo desafío—. ¿Es esta tu guarida?

Su mirada cálida y firme se derrite. Sus labios forman una sonrisa de a poco.

—Lo es. Por ahora. —No me quita los ojos de encima.

—¿Y qué harías si tu princesa intentara escapar?

Él no se mueve. Toma otro sorbo de café y me mira.

La ansiedad por su respuesta me vuelve un resorte tensado.

—Habría consecuencias, por supuesto.

Un temblor de emoción comienza detrás de mis rodillas. La piel entre mis piernas se eleva y se tensa. Sin dejar de mirarlo a los ojos, de a poco paso mi taza de café a la mesada.

Luego, salgo corriendo. Llego a las puertas corredizas de vidrio y desperdicio unos preciados segundos pensando en cómo abrirlas. El vidrio de las puertas parece más que grueso. Quizás hasta sea antibalas.

Abro la puerta de golpe y me doy cuenta de que Darius aún no se ha movido.

¿Me perseguirá?

Será mejor que no arruine esto para mí.

—Corre, princesa. —El murmuro es un gruñido leve.

Salgo corriendo por la terraza y bajo las escaleras hacia la arena. Corro hacia el agua, donde la arena húmeda estará más compacta y será más fácil correr. Una vez allí, corro lo más rápido que puedo.

No importa porque cuando miro por encima de mi hombro, Darius está justo detrás de mí, casi como si estuviera conteniéndose aunque me dio una ventaja al principio.

Grito con sorpresa.

Él se lanza hacia adelante y me toma por la cintura.

—Princesa mala, —murmura en mi oído mientras me gira. Me sostengo de sus antebrazos musculosos. Esos troncos bellos y acordonados. —Ahora tendré que castigarte. Hay risa en su voz.

Mis pies vuelven a tocar el piso y él desliza una mano desde mi cintura hasta entre mis piernas. Me sorprendo con el contacto inesperado. El tacto firme de sus dedos alrededor de mi monte. Al mismo tiempo, su otra mano toma mi pecho y lo aprieta. Muevo la cabeza hacia atrás contra su pecho musculoso mientras la revuelta de la sensación recorre mi cuerpo. Su pulgar frota mi pezón. Sus dedos entre mis piernas se ondulan con más presión.

Luego, él me pone boca arriba, pero me sostiene tan bien en sus brazos fuertes que no siento el movimiento, sólo me sorprende encontrarme en la arena.

¡Igual que en mi fantasía!

No hay una seducción lenta. Él sigue el papel del vikingo alocado a la perfección. Mueve hacia un costado mis pantalones cortos del pijama de satén y cubre toda mi vagina con su boca abierta.

Grito por la sorpresa y la conmoción. Pero mayormente por placer porque su lengua ya se está moviendo allí, metiéndose entre mis pliegues. Él me penetra con ella, me da latigazos. Succiona mis labios. El bello de su barba que creció por la noche crea una capa adicional de sensaciones.

Estoy perdida. Estoy arrebatada de inmediato. Mis manos van hacia su cabello, esa melena rubia y gruesa, y tiro de él para alentarlo.

No es que necesite aliento.

El vikingo sabe lo que hace. Su mano se mueve debajo de mi camisola para masajear mi pecho y luego pellizcar un pezón, todo el tiempo su lengua habilidosa me enseña la lección prometida por mi desobediencia.

Es buena.

Me arqueo en la arena y gimo por placer.

Él se levanta con una mano para mirar mi rostro mientras sus dedos vuelven a acariciar mi vagina. Presiona un dedo dentro de mí, o al menos lo intenta, pero es demasiado grueso. Noté en el coche que sus dedos probablemente fueran del tamaño del pene normal de un hombre. Encuentra mi resistencia natural y se va hacia atrás, luego cambia a un dedo más pequeño, quizás su dedo chiquito.

Me falta el aliento por la emoción.

Mete el dedo dentro de mí y lo empuja de a poco, todo tiempo mirándome a la cara, quizás para notar señales de incomodidad. No hay ninguna.

Sólo placer.

Estoy siendo disfrutada en la playa por un vikingo. Es perfecto.

Él se mueve un poco más rápido y pellizca mi pezón más fuerte. Luego reclama mi boca.

Es un beso salvaje. Su lengua recorre mi boca y siento mi propio gusto en ella.

Mis piernas se mueven a su alrededor en la arena. Pongo una mano detrás de su cabeza para alentarlo a besarme más, pero él baja la boca de nuevo hacia mi sexo. Su dedo chiquito sigue moviéndose adentro y afuera de mí; él encuentra mi clítoris con la lengua.

Grito cuando el placer explota a mi alrededor. Acabo y mis músculos aprietan su dedo, mi espalda se arquea en la arena, mis muslos internos tiemblan y se sacuden alrededor de sus hombros amplios.

Pero no dura mucho. Sigo queriendo más. Quiero todo. Quiero su miembro entre mis piernas.

Cuando pasa y abro los ojos, Darius niega con la cabeza con una seriedad fingida.

—Es la segunda vez que acabas sin permiso, princesa.

Me acuesto en la arena, inmóvil y adolorida por la experiencia.

Los ojos del vikingo brillan de un color ámbar en la luz del sol.

—Ahora es hora de tu castigo.

* * *

arius

Me paro y tomo la mano de Paloma, trayéndola de estar recostada a mi hombro para poder llevarla como botín de guerra de regreso al castillo.

Mi oso está enérgico, lo que dificulta contenerse una vez que la probé con mi boca, pero no la reclamé.

Espero no haber sido demasiado bruto. Demasiado poco sutil. Pero si lo fue, va bien con la fantasía vikinga.

Mientras la llevo de regreso a la casa segura, con su sabor todavía en mi boca, mi oso festeja con un baile de victoria. Nada se ha sentido tan bien como este momento. Como reclamar a Paloma. Pero no, no la *reclamaré*, me recuerdo firmemente a mí mismo y a mi oso.

Sólo cumpliré con sus fantasías.

Y qué maldito privilegio. Es un honor que se tomó extremadamente en serio.

Y reclamarla, insiste mi oso.

No hay reclamo. Le cierro la puerta como lo he hecho un millón de veces antes. *Quédate. Adentro. No puedes salir. Jamás con Paloma.*

Reclamarla. A ella.

Está demasiado calmado por su aroma envuelvo en mi cabeza como para hacer cumplir su demanda con los dientes.

Lo ignoro y pienso en todas las maravillosas cosas sucias que haré con Paloma.

Sacudo la arena de la parte de atrás de sus piernas mientras camino y le doy una ligera nalgada a su trasero. Ella patalea pero el aroma de su excitación se hace más fuerte.

—Princesa, ahora me perteneces a mí. Eso significa que

tu cuerpo me pertenece. Tus orgasmos me pertenecen. Cumplirás mi voluntad o sufrirás las consecuencias.

Estoy improvisando con su historia de vikingo. No sé exactamente qué tiene en mente, pero me imagino que tiene algo que ver con la dominación. Quizás por no ser responsable por su apetito sexual. Si está atada y obligada, no puede ser su culpa. Seguiría siendo una buena chica. Quizás estas fantasías estén demasiado envueltas con su aprisionamiento real. Una forma de subsanar el terror de no tener control al volverlo sensual.

Necesito hacer que esto funcione para ella. Sé que la excita la idea del castigo, lo noto por la forma en la que aprieta los muslos cada vez que lo menciono. Le daré unas nalgadas suaves y veremos cómo reacciona.

Cuando regreso a la casa segura, uso el panel para ingresar el código que me envió Sully. El lugar está preparado con todos los lujos que podría querer un millonario. Probablemente sea la versión de Blackthroat de humildad. Paloma y yo no tendremos problema quedándonos aquí mientras pienso en cómo deshacerla por siempre de su padrastro malvado.

Abro la puerta corrediza y entro; entonces bajo a mi cautiva frente al sofá.

Ahora, para tu castigo, —le quito el pequeño top por encima de la cabeza. Pensé en ordenarle que se desnude, pero asumo que no quiere someterse voluntariamente a mí. Ella quiere que la obligue. Quiere que haga como si no tuviera elección en este asunto—. Fuiste traviesa esta mañana, princesa. —Engancho los pulgares en la banda de sus pantalones cortos de seda y los bajo por encima de su trasero; luego le doy una nalgada fuerte a su nalga redonda.

—Ah. —Ella me mira rápido. Sus ojos están bien abiertos, pero sus pupilas siguen dilatadas. No hay señales de miedo.

Me siento en el sofá y la pongo encima de mis rodillas. Maldición, si el aroma de su miel no se vuelve aún más intenso. Pongo mi gran palma sobre su trasero, apretando, pero sin moverlo. Sólo la dejo acostumbrarse a la idea de su situación. Y siempre espero su consentimiento sin palabras.

—Soy el dueño de esta alhaja, —le digo con firmeza—. Y obedecerás.

—Me encanta que conozcas la palabra *alhaja*, —murmura Paloma con sorpresa en la voz.

No puedo evitar que se escuche la risa en mi pecho, pero le doy una nalgada en el trasero para no salirme de personaje.

Ella gime despacio. Bajo sus pantalones cortos del todo para que puedas sacárselos y abrir las piernas. Cuando meto mi dedo del medio entre sus muslos, su miel es espesa.

Mi pene presiona adolorido contra la bragueta de mi esmoquin.

—Parece que hiciste un buen trabajo alistando esa vagina para mí, —digo.

—Mmm, —concuerda.

—Igual tendré que calentarte el trasero. Quiero decir *botín*. ¿Sería el botín? —Me pregunto en voz alta.

—Definitivamente *botín*, —concuerda Paloma con una risa entrecortada.

Le doy una nalgada un poco más fuerte esta vez.

—No te reirás por mucho tiempo, mi doncella.

Su espalda se tensa, así que froto un círculo alrededor de su trasero hasta que sus músculos se vuelven a relajar. Acaricio entre sus piernas con una pasada lenta y larga.

—Para cuando termine, estarás totalmente lista para

tomar mi pene vikingo. Pongo la punta de mi grueso dedo del medio en su entrada y la abro.

Ella vuelve a gemir y a arquear su espalda baja, levantando el trasero en el aire por más.

Mi dedo del medio se desliza hacia el interior hasta el primer nudillo.

—Buena chica, —la felicito.

—Pensé que era una chica mala.

—Ah, ¿entonces *sí* quieres que te dé nalgadas, no? —Saco lento el dedo y le doy lo que necesita, comenzando con un ritmo mantenido de nalgadas firmes que alternan entre las nalgas derecha e izquierda y concentrándolas en la parte baja donde de su trasero en donde se sienta.

—¡Ah! ¡Auch» —Una de sus manos vuela hacia atrás para cubrirse el trasero y dejo que me frene. Apoyo la mano sobre la suya y la aprieto.

—Mmm, —gime con ganas.

—¿Te escaparás de nuevo, princesa? —Estaba pensando que ya le di suficientes nalgadas, pero me responde petulante,

—Sí.

Me río y mis dedos vuelven a deslizarse entre sus piernas.

—Entonces tendré que hacértelo como un vikingo real. —Mi dedo del medio se desliza dentro de ella con mayor facilidad ahora. Su cuerpo se está alistando para mí. Puedo meterlo hasta el segundo nudillo y luego todo.

Paloma gime.

Me muevo dentro de ella, luego saco el dedo y esparzo la humedad hacia su clítoris. Ella se retuerce sobre mi regazo, su trasero hinchado y enrojecido da un espectáculo increíble.

Reclamarla. A ella.

Mi oso está loco. Ha estado encerrado demasiado tiempo. No sólo no lo dejo salir nunca, sino que no he tenido sexo con suficientes mujeres en los últimos años. Ahora que tengo a una hermosa desnuda y encima de mi regazo, quiere que la marque.

Junto más humedad en su entrada con las puntas de mis dedos y froto un poco en su agujero trasero. Ella aprieta las nalgas para que no entre.

—Que te lo haga como un vikingo real significa tomarme en todas las entradas. —Le doy una nalgada a su nalga derecha—. En tu vagina, —¿un vikingo dice vagina?— en tu flor femenina.

Paloma se ríe.

—Mi concha.

—Ah, sí, eso es lo que quiero tomar. Esta concha rosa jugosa. —Acaricio su hendidura empapada con aprecio. Luego le doy una nalgada a la otra nalga—. También este trasero hinchado y perfecto, quiero decir botín.

—Ella vuelve a apretar las nalgas.

No tengo intenciones reales de tomar su virginidad anal también esta mañana, pero estoy improvisando y eso fue lo que salió, así que continúo.

—¿Cuál es mi tercera entrada? —pregunta.

Le doy otra nalgada.

—Tan inocente, mi hermosa *dove*. Tu boca. —Le vuelvo a dar nalgadas, muchas veces, calentando su piel por completo hasta alcanzar un brillo rosado. Luego la recompenso por tolerarlo con otra caricia entre sus piernas—. Tu boca es la tercera entrada. Puede que empiece allí.

De nuevo, no hablo en serio. No alimentaría en la boca con mi pene a una virgen que ha estado encerrada en una torre y probablemente nunca haya besado a un hombre. Podría aterrarla.

Logro meter el dedo del medio en ella con facilidad ahora, lo meto y lo saco, lo que parece enloquecerla. Ella gime y mueve su pelvis sobre mi regazo, haciendo que mi pene duro deje pre-semen en mis calzoncillos.

—Bueno, princesa. —Saco el dedo y le doy una última nalgada a su trasero—. Es hora de que el vikingo se aproveche de ti.

—Me paro, la tomo y alzo en mis brazos. —La llevo de regreso al dormitorio donde tuve el placer de ser su guardia esta mañana.

La arrojo en el centro de la cama y saco la corbata descartada en el bolsillo de los pantalones de mi esmoquin.

Su cabello oscuro cae sobre sus hombros. Su rostro está ruborizado, los ojos llorosos por las nalgadas. Esos labios hinchados lucen tan malditamente besables.

Ella se mueve por la cama como si quisiera salir corriendo otra vez. Me doy cuenta de que sólo juega por el movimiento travieso de sus labios.

Tiro de ambos extremos de la corbata y la hago tensarse. Ni bien intenta correr por el borde de la cama, me estiro y tomo su tobillo, arrastrándola de regreso.

—¿Adónde piensas que vas, mi linda *dove*? —Tomo sus muñecas y las ato juntas con mi corbata.

Ella me mira con su forma inteligente.

—¿Cómo sabes que mi nombre significa *dove*? ¿Hablas inglés?

Asiento.

—No tan bien. Pero tengo un conocimiento aceptable de una docena de idiomas.

Sus cejas se levantan.

—El vikingo es uno de ellos. Guiño el ojo.

Ella se ríe, como esperaba. Obviamente sé que es nórdico.

Me desabrocho la camisa del esmoquin. Ya estaba abierta hasta la garganta y medio salida de mis pantalones, arrugada por nuestro escape fugaz y por haber dormido. Paloma se sienta en la cama y me mira.

Se frota los labios cuando me quito la camiseta, mirando de reojo mi pecho peludo. Me abro los pantalones del esmoquin y los quito con mis calzoncillos de seda. Mi pene rebota y se pone firme. Listo para la acción. Ha estado latiendo un poco desde que ella lo tocó a través de mis pantalones anoche. Ahora mismo está tan duro que tomo que se quiebre.

La mirada de Paloma baja a él y aunque sus ojos se vuelven a agrandar, ella no parece inmutarse. Por supuesto, no sabe lo que no sabe.

Me subo a la cama y tomo sus muñecas atadas. Las levanto por encima de su cabeza y luego las uso para bajar su torso a la cama. Con las manos encima de la cabeza, la tengo debajo y le doy un largo beso lento.

—Mmm. —Ella se retuerce debajo de mí.

Su cuerpo es suave y exuberante. Adoro sus curvas. Hay suficiente carne en sus huesos como para llenar mis manos.

Tomo su pecho y lo aprieto. Bajo la boca a uno de sus pezones y paso la lengua por encima, luego succiono fuerte. Dejo que mis dientes raspen la piel mientras suelto y me muevo hacia el otro.

Reclamarla.

Mi oso pide mi atención no tengo suficiente para sus pedidos. El cuerpo hermoso de Paloma ocupa toda mi concentración.

Viajo al sur, separando sus rodillas y abriéndolas para poder lamer su suave sexo. Sigue estando empapada por las nalgadas y el sabor de su miel casi me hace transformarme en oso aquí mismo.

No. Soy incluso más salvaje en mantenerlo controlado. Pestañeo fuerte para que mis ojos vuelvan a la normalidad.

No. Normal, gruñe mi oso.

Le doy un portazo a su jaula como aprendí a hacer cuando recién me mudé a Manhattan. Lo suprimo, lo encierro en una pequeña caja apretada muy por debajo de mi barriga en donde no puede escapar.

Necesito poder concentrarme en Paloma. Ella tiene una fantasía que quiere cumplir y pretendo que sea perfecta para ella.

Deslizo la lengua entre sus labios y sigo sus labios internos, rodeando el clítoris. Funciona pero logro meter mi pulgar adentro de ella esta vez mientras lo succiono.

Ella jadea y lucha por acostumbrarse a mí. Pero no siento resistencia alguna. Ninguna flor. Sólo está ajustada.

—¿Tomarás mi gran pene vikingo, pequeña *dove?*

Ya desapareció en gerente de inversión de Wall Street. Lo ha reemplazado el rudo hombre oso salvaje de Nuevo México. Pero se supone que sea un vikingo, no un oso. Nunca un oso. No puedo regresar a los días en los que mi oso tenía más control que yo.

—No. —Paloma niega con la cabeza y por un momento pienso que lo dice en serio, pero luego noto que sigue jugando el juego en el que la sostengo y la hago tomarme. En el que obligo a hacer cosas a la inocente dama que nunca lo haría por voluntad propia.

Me doy cuenta porque exagera. Niega con la cabeza violentamente y me empuja hacia atrás con las muñecas atadas al mismo tiempo que sus muñecas me intentan empujarme hacia adelante.

—Tus palabras de seguridad son *Oso Malvado,* —le digo antes de tener la oportunidad de censurar mis palabras. Nunca comparto detalles personales. Sobre todo el nombre de la montaña de la que vengo o del animal que es mi verdadera naturaleza.

Pero Paloma es diferente.

Pareja, insiste mi oso.

Ella asiente rápidamente y confirma mi creencia de que no era un no real.

Separo más sus rodillas para ponerme entre ellas y tomo una almohada para poner debajo de sus caderas.

—Esto es para poder tomarte profundo y duro, —le advierto.

—¡No seré sumisa! —grita como la princesa capturada que finge ser.

Levanto una ceja seria.

—Ah, serás sumisa, mi hermosa novia robada. Serás mi sumisa todas las noches hasta que llene tu vientre con mi bebé vikingo gigante.

Paloma se ríe entrecortado. El peso de sus tetas las hace caer hacia los costados. Quiero adorar su cuerpo por el resto de mi vida.

Golpeo el costado de uno de sus pechos ligeramente, no como para que le duela, sino para sorprenderla. Sus ojos vuelan a mi rostro y se quedan pegados allí, como si me mirara para ver qué hare después.

Reviso mis palabras y me doy cuenta de que en realidad no quiero poner un bebé vikingo gigante adentro de ella. O sí quiero, pero puede que ella no.

La señalo con el dedo.

—No te muevas, princesa. —Me bajo de la cama para tomar un preservativo de mi billetera.

Ella corre, dando la vuelta a la cama por el lado opuesto.

Le dedico una sonrisa traviesa mientras voy hacia los pies de la cama para bloquearle la salida.

—Estás acorralada, princesa.

Ella se arroja en la cama con rodadas largas. Tengo que admitir que es inteligente, valiente y ágil.

Es difícil imaginar cómo Thompson la pudo mantener prisionera todos estos años. Me parece extraño que una mujer brillante, terca y atrevida como ella no haya encontrado una manera de escapar antes de sus garras.

Pero no se escapará de mí. Soy un oso. La gente cree que somos lentos y perezosos, pero tenemos tanto poder en cada movimiento que podemos recorrer grandes distancias muy rápido. Con un paso llego al lado de la cama y la sostengo cuando rueda hacia abajo.

Ella se sorprende en mis brazos, mira hacia mí con esos grandes ojos marrones.

Tengo que luchar para que mis labios no se muevan mientras finjo enojarme con ella.

—Ahora te has ganado más nalgadas, princesa. —La vuelvo a arrojar a la cama y a ponerla boca abajo, con la almohada colocada a la perfección debajo de sus caderas para levantarle el trasero para mí.

Le doy un par de golpes y ella chilla. Me detengo y froto el dolor.

—¿Eso buscaba, su alteza? —Le aprieto el trasero y creo almohadas suaves en sus nalgas antes de darle tres nalgadas más—. ¿Necesitabas sentir mi mano sobre tu botín?

—No, —murmura.

—Mentirosa. —La giro y deslizo el pulgar junto a su hendidura, asegurándome de que siga mojada y lista para mí. Me duele el pene. Quiero enterrarme en su vagina perfecta.

Pero esta su primera vez y debo ir despacio.

—Ahora te reclamaré, —digo. Ambos sabemos que estoy jugando-actuando. Pero maldita sea, si esas palabras no suenan demasiado bien.

Ella tiembla cuando la toco.

Abro el envoltorio del preservativo y lo pongo.

—Haré que sea bueno para ti, princesa. Sólo déjate ir y deja que tome el control.

* * *

Paloma

Darius se avecina encima de mí, sus músculos poderosos flexionados mientras apoya una mano sobre la cama.

Me está tocando y nunca hubiera pensado que sus dedos ásperos pudieran ser tan gentiles. Divide mis pliegues como si abriera los pétalos de una flor. Ya me hizo acabar dos veces, así que sé qué es lo que hace.

Levanto mis muñecas atadas y él toma la corbata y la pone junto a la cama. Su movimiento rápido y casual de dominación, combinado con la sensación de estar atada, hace que el calor explote entre mis piernas.

—Ah, te gusta eso, —murmura. Me está provocando con un dedo lento que hace círculos.

—¿Cómo lo sabes?

—Acabas de mojarte más. Él mete un dedo dentro de mí y agrega un segundo, mirando mi rostro. Hay un dolor incómodo, seguido por otra ola de calor mientras mi cuerpo se acomoda a la intrusión.

Luego dobla un dedo y frota mi pared interna. Mi rostro se sonroja y mis labios se separan. Se levantan mis caderas de la cama mientras me acaricia con un movimiento de ven aquí.

—Eso es, princesa. —Él me suelta la muñeca para agregar otro dedo. Siento que lo estoy apretando. Algo está creciendo muy dentro de mí. Tengo la sensación de estar acercándome al abismo, pero necesito más estimulación para llegar.

—Más, —le digo—. Necesito más.

—¿Así? —Agrega otro dedo y quiero moverme hacia adelante, empujarlo más profundo en mí.

—No es suficiente.

Él saca los dedos y me quejo con desaprobación. Me muestra sus dedos brillantes y luego los envuelve alrededor de su pene cubierto.

—Entonces estás lista para mí. —Se acerca más, cubriéndome con su cuerpo. La pared de músculo ocupa toda mi visión. Me quedo mirando su clavícula elegante y bajo a las raíces gruesas de su miembro. Es enorme, largo y grueso, anidado en vellos dorados y cortos. Lo encaja y frota la cabeza contra mí. Está caliente y húmeda y sé que será tan satisfactorio.

—Vamos, —me muevo hacia adelante y él vuelve a tomar mis muñecas.

—Despacio, pequeña *dove*.

Mis latidos se vuelven más fuertes cuando me agarra.

La cabeza ancha de su pene empuja contra mi agujero estrecho y respiro hondo al expandirme. No estoy luchando por lograr tener más de él adentro de mí, todavía no.

Luego él hace algo que no espero. Baja la cabeza y toma mi nuca entre sus dientes. Besa la piel que hay allí, su barba áspera me hace cosquillas. Tiemblo y él lame encima de mi pulso. Eso, combinado con su miembro grueso que me penetra, es suficiente para hacer que el volcán adentro de mí explote.

—Oh Dios, —gimo. Mi pecho se eleva, mis pezones se ponen duros y pican. Me arqueo hacia arriba y froto mis senos contra su pecho. Su cabello duro raspa mis pezones tiernos y la estimulación suma a la sensación creciente dentro de mí. Todo mi cuerpo empieza a vibrar y tiembla fuera de control.

Se desliza hacia adelante y mis fluidos sedosos le facilitan el camino. Duele tan bien. Me tiemblan las piernas y las pongo alrededor de sus caderas poderosas, incitándolo hacia adelante.

Él se sostiene encima de mí, cada músculo resalta con un relieve marcado. Su mandíbula está rígida como estuviera rechinando los dientes y obligándose a conquistarme de a poco. Un rubor rojo invade las crestas de sus mejillas. Debajo de sus cejas rubias y ásperas, sus ojos brillan color ámbar. Es el hombre más verdaderamente hermoso que he visto.

Miro hacia abajo. Su pene sólo está a medio camino dentro de mí. Hundo los talones en los huecos sobre sus firmes nalgas. Él desliza las manos bajo mi trasero y toca la piel castigada. Es cuidadoso, pero los callos rasposos de sus dedos tocan un lugar doloroso. El dolor me lleva al borde del abismo.

Mi orgasmo sale explotado de mí. Acabo, temblando y mis músculos internos se mueven junto a su miembro. Mi cuerpo lo sostiene fuerte, como si quisiera que su pene se volviera parte de mí.

Él gruñe y el sonido resuena en mí, creando repercusiones. Suspiro e intento respirar mejor cuando se desliza hasta el fondo. Llego a nuevas alturas, mi clímax sigue y sigue.

Él baja la cabeza y me besa. Sus labios firmes se mueven sobre los míos, conquistando, dominando. Gimo y él mueve su lengua en mi boca, empujando al ritmo de su pene. Ese ritmo crea un nudo de tensión delicioso en mi barriga una vez más.

—Te sientes tan bien, princesa, —murmura contra mi

boca. Suspiro y él me muerde los labios—. Fuiste hecha para tomar mi miembro.

Oh, por dios. ¿Estoy acabando otra vez? No creo que haya parado.

Él está bien enterrado, moviéndose lento contra mí. Me muevo con él, dejo que mi cuerpo se estire para que pueda acomodarse más contra mis muslos. Nunca supe que podría dejar entrar a alguien así. Nunca supe que se sentiría tan maravilloso.

El vello de su pecho raspa mi piel suave. Me choco contra él, necesito más estimulación.

—Despacio, pequeña *dove*. Te daré lo que sea que quieras. —Él se apoya en un codo y pone su gran mano contra mi nuca. Aprieta un poco al ritmo de sus caderas. Debería sentirse como una amenaza. En vez de eso, se siente bien, como si en vez de ponerme collar, me liberara.

Mi vagina se tensa, aprieta su pene y él gruñe. Su cabeza cae hacia atrás, su cabello alrededor de su rostro. De algún modo lo tiene ahora por los hombros. Luce como un guerrero vikingo.

—Estoy cerca, —dice entre dientes. Hundo mis uñas en su espalda, queriendo marcarlo. Sus ojos muestran una luz brillante, inhumana—. Acaba conmigo. —Él toma mi garganta con más fuerza y acentúa la orden. Al mismo tiempo, empuja contra mí y me hace volar.

El golpe de su cuerpo contra mí estimula mi clítoris. Las estrellas explotan detrás de mis ojos. Gruñe mientras acaba. Su pene late profundo dentro de mí, llena el preservativo con su semen.

—Paloma, —gruñe y yo cierro los ojos, sobrepasada por el respeto en su voz. Él sale de mí, se levanta con toda su gloria bronceada y sensual. Mis piernas caen abiertas y le muestran mi vagina recién cogida. Su gran miembro cubierto sigue duro, brilla con mis fluidos y, maldición, quiero que me tome del cabello y lo guíe a mi boca. Que me obligue a probar nuestra esencia combinada—. Ahora me perteneces, —murmura—. Dilo.

—Te pertenezco.

Sé que es parte de la fantasía, que no es real, pero siento una conexión que chisporrotea entre nosotros mientras digo esas palabras.

El vikingo me ultrajó. Y quiero más.

Capítulo siete

Paloma

Darius tira de la corbata que ata mis muñecas y las libera. Él frota las marcas rojas que la tela dejó en mi piel y besa mis dedos. Sale por un momento y vuelve sin el preservativo, lleva un vaso de agua fría que me ofrece.

Bebo sedienta mientras acaricia mi cuerpo con su gran palma. Dejó marcas en todo mi cuerpo. Mi pecho está raspado y rosa y hay algo de rojo todavía en mi trasero por mi castigo. Se preocupa por eso y ver a mi gigante vikingo frunciendo el ceño por el leve moretón en mi cadera es suficiente para derretirme.

Él pone una mano sobre mi barriga y abraza mis curvas. Debería sentirme preocupada por mi barriga, pero no sucede. Darius me hace sentir que mi cuerpo es perfecto exactamente como está.

—¿Estás bien?

—Mejor que bien. Eso fue... increíble. —No hay palabras en ningún idioma para explicar lo bien que se sintió—. Gracias.

—Fue mi honor.

Luce tan serio. Me inclino hacia adelante y le beso el mentón. Él toma mi rostro con sus grandes manos y mira intensamente mis ojos. Le devuelvo la mirada y observo el gris con notas doradas de sus pupilas. Estaban brillando tan fuerte durante el sexo, pero debe haber sido un truco de la luz. ¿Y si barba siempre estuvo tan tupida?

Me suena fuerte el estómago, lo que arruina el momento.

Darius se ríe y me besa la frente. Su barba rasposa me hace cosquillas.

—Iré a ver si puedo conseguir algo de comer para mi princesa. —Empiezo a levantarme para decir que iré con él, pero me pone de costado y me pega en el trasero.

—Quédate.

Me vuelvo a hundir en la cómoda cama y disfruto de la languidez de mis extremidades.

Pero ni bien desaparece por la puerta, la realidad se hace presente.

Me divertí. Elegí y controlé quién tomó mi virginidad y cómo. Fue increíble. Mejor de lo que podría haber imaginado.

Pero nuestro momento acabó.

Thom hará que cada bruto al que le pague esté buscándome. Sin menciona que todavía tiene a mi hermana. Mi cuerpo se enfría al pensar en lo que podría hacerle a Wren si no sabe nada de mí pronto. Ahora mismo ella está en un viaje de coro de la escuela, pero él podría intentar buscarla mientras esté en el recorrido y hacer cumplir su amenaza.

Quiero mi libertad, pero no estoy dispuesta a cambiar su vida por la mía.

Y tampoco quiero que la muerte de Darius pese en mi consciencia.

Tengo que actuar. Me levanto y me pongo la camisa

negra de Darius por encima de mi diminuto pijama. Busco las llaves del coche en sus pantalones, pero no encuentro nada.

No importa. Estamos en una zona de casas de vacaciones, pero tiene que haber algo de tráfico en el camino principal. Sólo necesito llegar a un teléfono para poder llamar a Thom y hacer que el tiempo de la bomba deje de correr.

No tengo mucho.

Escucho que Darius está afuera en el porche que da al océano. Está hablando por teléfono.

—Gracias, amigo, —dice—. Lo agradezco. —Voltea, viendo el océano.

Uso la oportunidad para salir corriendo de la casa. Hay una puerta trasera en la cocina y corro hacia ella; freno cuando la luz refleja algún tipo de metal. Encontré las llaves del coche.

Me tomo el tiempo para dejar una nota rápida.

Gracias por rescatarme, querido vikingo, pero tengo que regresar. Haré un trato con Thom para mantenerte a salvo o lo convenceré de que fue una escapada de ebrios.

Kisses,
Paloma

Salgo por la puerta hacia el garaje y dudo. En realidad no sé conducir porque Thom no me permitió aprender. Qué mal que yo no haya un establo por aquí; me siento mucho más cómoda en un caballo.

¿Pero qué tan difícil puede ser conducir un coche?

Presiono el botón para abrir la puerta del garaje. ¡Ah! No sabía que haría tanto ruido. Darius seguramente lo escuchará. Corro hacia el coche deportivo robado, me subo detrás del volante y ajusto el asiento mucho más cerca para que mis pies toquen los pedales.

¿Pero cómo funciona el dispositivo remoto? Presiono los botones hasta que el coche cobra vida; luego ajusto el motor con el botón R. O lo intento. No se mueve. Sacudo la palanca.

Mi pie presiona uno de los pedales y de pronto la palanca se mueve.

Me late el corazón mientras la bajo a la R y presiono más fuerte el pedal.

Nada.

Bueno. Otro pedal. Lo empujo del todo.

Ese funciona. El coche va hacia adelante; las llantas gritan contra el piso del garaje mientras el coche sale disparado demasiado rápido.

Choco con algo.

Ay, mierda.

¡Ay, mierda! Me cubro la boca con la mano. Es Darius.

Abro la puerta del coche, pero vuelve a avanzar a toda velocidad.

Las manos de Darius sostienen la parte trasera y tiene las ruedas de atrás levantadas del suelo para evitar que se mueva.

—¡Ponlo para estacionar! La P, —grita.

Muevo la palanca a la P y el coche vuelve a avanzar, luego se detiene.

Darius baja las llantas traseras mientras yo salgo. Levanta una ceja sensual.

—¿Ibas a algún sitio, princesa?

Inhalo y considero si contarle la verdad o mentir.

No, él merece la verdad. Sólo no quiero que se haga el héroe por mí y termine muerto.

—Tengo que regresar.

* * *

Darius

¿Qué?

Mi lobo intenta liberarse del agarre que tengo sobre él. Se está volviendo loco porque Paloma intentó escapar.

Por el hecho de que quiera *regresar*.

Quiere destruir, pasar las garras por las paredes del garaje del que Paloma llegó a salir a medias.

—No, —digo antes de que pueda explicar—. No hay ninguna maldita manera en que regreses.

—Darius, hay cosas que no entiendes. Thom tiene con qué controlarme.

Todo en mi interior se paraliza. Una sensación aguda y oscura de advertencia se mete bajo la ira de mi oso.

—¿Qué quieres decir?

—Tiene a mi hermana. Dijo que intentaba escapar otra vez, ella moriría.

El hielo congela mis venas. Rechino los dientes.

—¿Dónde está ella?

—En una escuela pupila en Connecticut.

Asiento.

—Entonces la encontraremos primero.

—*No*. No lo entiendes. A ella no la calman mis palabras.

—Explícame.

—No permiten celulares en su escuela y sólo tiene intranet, así que no puedo darle un mensaje.

—Entonces iremos allí. Connecticut está a tan sólo una hora.

—Es más complicado que eso. Está en un viaje del coro escolar en Irlanda ahora mismo. Tenemos que pensar cómo encontrarla antes que Thom.

Mierda.

Paloma es una guerrera. Su mandíbula muestra determinación. Sus ojos brillan con ira. Puede que haya sido una princesa en la torre, pero no es una flor marchitándose.

—Además, me moriré sin mi medicación. Tenemos dos días hasta que tenga un infarto completo.

Mi oso intenta salir con las garras de mí en un ataque de ira.

Quédate. Abajo.

Mierda. La medicina que olía tóxica. Debería haber recordado eso.

—Bueno. Buscaremos tu medicación. ¿Cómo se llama? Mi hermano es doctor, puede hacer una orden en algún lugar para ti.

Ella niega con la cabeza.

—No es una orden común. La hace el Dr. Handel él mismo. Algún tipo de mezcla de propiedad intelectual.

Mis cejas se bajan de pronto.

—¿Cuál es tu diagnóstico exacto?

—Es una forma de hemofilia.

—Bueno. Te conseguiré medicación para eso. Y encontraremos a tu hermana. —Miro a mi alrededor, no me gusta que estemos descubiertos, sobre todo con la patenta de un coche robado visible a cualquiera que pase conduciendo—. Entremos y encontremos algo para comer. Ambos tomaremos mejores decisiones cuando estemos debidamente nutridos.

Paloma mira a su alrededor pero finalmente asiente y mi oso se relaja en ahorcarme.

—Estoy justo detrás de ti, sólo entraré el coche de nuevo. Llamo a Kylie Jackson, una transformista gato que vive en Tucson. Es conocida en el mundo transformista como alguien que puede arreglar cosas.

Paloma ya sacó una caja de macarrones y queso y una lata de atún de la alacena y está calentando una olla en el agua.

—Escucha, necesito un favor, —le digo después de recordarle quién soy—. Es un tema de vida o muerte. Necesito ayuda para localizar a una estudiante en una escuela pupila de Connecticut, una que limita la comunicación con el mundo exterior, así que no tiene celular.

—Eso no debería ser un gran problema.

—Bueno, para agregar al dilema, están de viaje escolar en Irlanda.

—No hay problema. Eso significa que habrá un registro de documentación en la aduana.

—¿Puedes hackear la aduana?

—Por supuesto. ¿Cómo se llama la estudiante?

Paloma está parada cerca de mí, escuchando.

—Wren Castillo.

—Wren Castillo, —repite Kylie, su escucha transformista capta la voz de Paloma por el teléfono—. Veré que puedo encontrar. Y uno de mis contactos está en camino a dejarles comida y algo de ropa.

—Gracias otra vez. Te debo una, una grande.

—Sí, así es, —concuerda Kylie, pero estoy preocupado por deberle un favor a ella o a su pareja lobo.

Los lobos no están mal de la cabeza como los vampiros. Deberle un favor a un lobo no es algo que temer. Soy amigo de su pareja, Jackson King, y del otro lobo transformista billonario, Brick Blackthroat. Su primo, Aiden Adalwulf, es otra historia. Es más parecido a Thom Thompson en extraño.

El agua empieza a hervir y Paloma vacía la caja de macarrones en la olla y ajusta el contador del horno en ocho minutos.

Me paro detrás de ella y apoyo las manos ligeramente sobre sus caderas.

—Entonces, ¿de qué me pierdo, Rapunzel? ¿Thompson es un traficante sexual? —Le pregunto—. ¿Hay otras mujeres que haya subastado?

Ella niega con la cabeza.

—No.

—¿Sólo tú? ¿Por qué? ¿Qué es tan especial acerca de tu virginidad?

Paloma gira hacia la cocina y esconde su rostro.

Sabía que había algo más que no me había dicho. Es algo que no quiere decirme.

Me paro justo detrás de ella.

—¿Qué trama Thompson? —Mantengo la voz baja.

Ella gira de a poco hasta mirarme. Sus manos se posan en mi pecho. No estoy seguro de si me está por empujar o si inclinará la cabeza hacia arriba para darme un beso. Ella duda.

—Puedes confiar en mí, Paloma; sea lo que sea. Puedo ayudarte mejor si entiendo lo que sucede.

Ella inhala profundo y asiente, como si hubiera tomado una decisión.

—¿Viste esa película en la que el chico ve gente muerta?

—¿Sexto sentido? Sí.

—Yo veo empresas muertas.

Levanto las cejas.

—¿Qué quieres decir?

—Cuando estaba en octavo grado, nuestro profesor de economía nos dio cuentas Paper para hacer inversiones en la bolsa. Descubrimos que se me daba bien. Tengo esta intuición sobre las empresas que saldrán del mercado y aprendí a hacer ventas cortas en ellas.

—¿En *octavo grado*?

Paloma se ríe.

—Sí. Mi mama era inversora, así que crecí con las finanzas del mercado en la sangre. Ella estaba tan orgullosa de mi éxito que le mostró mi cuenta Paper a su jefe.

—Thompson.

—Sí. Él se ofreció a ser mi mentor. Quería conocer mi metodología. Claro que, no tenía una; era todo intuición.

Los ojos de Paloma se nublan y ella cruza los brazos sobre su pecho protectoramente.

Le aprieto los hombros. No es sorpresa que Thom tenga el fondo de inversión más exitoso del mundo. Encontró a una psíquica talentosa y la esclavizó.

—Nuestros padres murieron en un accidente de coche poco tiempo después. Thom me dijo este fin de semana que los había hecho matar. —Ella tiembla y la traigo a mis brazos, llevo su mejilla contra mi pecho.

—Mierda, Paloma. Eso es horrible.

—Y luego me encerró. He estado invirtiendo por él desde entonces. Me controla con la libertad de Wren y de vez en cuando con *su propia vida* para evitar que escape. Apenas puedo hablar con ella. Mi único placer son nuestras videollamadas de los domingos. —Ella se encoje de hombros —. Y montar a Starlight los fines de semana. —Levanta sus grandes ojos marrones para mirarme a la cara—. Y los romances históricos. Ya sabes, fantasear con que un vikingo gigante tome mi virginidad.

Sonrío por su coqueteo, pero mi sonrisa rápidamente

desaparece cuando me doy cuenta de lo horrible que ha sido su vida. No sé cómo puede si quiera bromear.

—Entonces la subasta no era por tu virginidad.

—No, se supone que sea un préstamo de mis servicios de inversión en la bolsa mediante un compromiso falso con el ganador. El compromiso se rompería en un año, entonces el ganador me devolvería a Thom.

—Intenté escapar el jueves por la noche, pero Thom me atrapó. Entonces me dijo que mataría a Wren si volvía a huir. Y anoche fue cuando me reveló que la subasta también era por mi virginidad. La intención es *reproducirme* para producir operadores de bolsa igual de talentosos.

—Eso es... enfermizo. Totalmente retorcido.

—Pensé que eras uno de los hombres que quería hacer una oferta por mí.

—No sabía nada de eso. Espero que lo creas.

—No, así es. Tengo buenos instintos. En secreto esperaba que fueras el ganador porque algo de ti me hacía sentir segura.

Mi corazón galopa. ¿Cómo de repente esta humana se volvió todo mi mundo?

—*Estás* a salvo. No hay ninguna maldita forma en la que te deje regresar a Lockepoint. Encontraremos a tu hermana y conseguiremos tu medicación. Entonces pensaremos en cómo derrotar a Thom Thompson de una vez por todas.

Mi oso ruge para mostrar su acuerdo. Lo acallo y me froto la barriga, espero que pase como el ruido de mi estómago vacío. El contador suena y Paloma recoge la olla del fuego y quita el agua de los macarrones. Mueve el queso y algo de crema de la caja que abrió esta mañana para nuestros cafés.

Encuentro un abrelatas y abro la lata de atún que

encontró. La mezclo con los macarrones y el queso para hacer la cena de un hombre pobre.

—Siento que estoy de nuevo en la universidad, —digo mientras pruebo un bocado de la misma olla. Luego recuerdo que Paloma no pudo ir a la universidad y mi oso casi erupciona hacia la superficie. Rechino los dientes y bajo la cabeza, lucha para empujarlo hacia abajo.

—¿Sí? ¿Adónde fuiste? —Paloma se sirve un tazón de comida y lo lleva a la mesa del desayunador, acomodada en un rincón junto a la ventana que tiene vista al océano. Está ocupada comiendo. No parece notar mi lucha.

La sigo con la olla.

—Primero a una pequeña universidad pública cerca de donde crecí. Luego a la facultad de negocios en Columbia. —Mi oso retrocede lo suficiente como para que tome la olla y junte algo de comida.

—¿Dónde creciste?

—Nuevo México. —No me gusta hablar de mi niñez, pero compartirla con Paloma se siente bien—. En las montañas.

—Nunca he visto montañas, —dice—. Siempre quise hacerlo.

Podría matar a Thom por lo que le ha robado. Me duelen los dientes, se vuelven más gruesos. Mi oso ya está listo para arrancarle la cabeza a alguien. Literalmente.

—Tal vez algún día puedas llevarme.

Mi corazón late doble. Está planeando un futuro para nosotros. Excepto que... no es seguro para ella. No a largo plazo. Mi oso ya es demasiado volátil a su alrededor.

—Tal vez. —Detesto sonar tan ambivalente, pero juré no volver a casa. Es demasiado peligroso. En la naturaleza, mi oso es más fuerte. Puede tomar el control y no devolverlo.

Su rostro se cierra. Termina su comida y lleva su tazón a la bacha para enjuagarlo.

—Bueno, enfoquémonos en alejar a Wren de Thom. Después de eso, ¿quién sabe? Tendremos que escondernos.

No puedo ignorar la triste determinación en su voz y, por debajo, el hilo de desesperación. La busco y me paro detrás de ella, paso a su alrededor para poner la olla en la bacha. La ayudo a terminar de lavar y luego pongo las manos contra la mesada, enjaulándola.

—Todo estará bien, —murmuro en su oído.

—¿Cómo lo sabes?

—Te mantendré a salvo. —Le acaricio el cabello hacia atrás y descubro su cuello. El aroma a orquídeas emana de su piel y me hace agua la boca.

Reclámala.

El instinto me recorre con más convicción esta vez. Me sujeto con más fuerza de la mesada para evitar acercarla a mí. No sólo es que mi oso luche por control. Se siente como si fuera todo en mí.

Como si Paloma realmente fuera mi pareja destinada.

Maldición.

Debe ser verdad.

Eso explica por qué acabo de arriesgar perder toda mi empresa y todo por lo que luché tanto en ganar en Wall Street para salvarla. Pero eso no cambia nada.

No puedo reclamar a una humana. Mi oso es demasiado inestable. Nunca antes me permití estar en una relación, por si perdía el control.

Lo mejor que puedo llegar a tener es este momento de cercanía, compartir mi calor corporal y comodidad con esta mujer increíble. Paloma se inclina hacia atrás sobre mí. Su cabeza no me llega al mentón. La envuelvo con los brazos y disfruto sentirla en ellos.

—Desearía...

—¿Qué deseas?

En vez de contestar, ella toma la mesada y jadea. Se mueve contra mí.

La volteo para que me mire a la cara. Tiene los ojos brillosos.

—¿Paloma?

—No me siento muy bien... —Sus ojos se ponen en blanco y se desmorona.

—¡Paloma! —La llevo al sofá y la recuesto. Está inconsciente, su brazo está inerte cuando lo levanto y lo dejo caer. Le tomo el pulso y se siente contra mis dedos.

Me dijo que estaba enferma y necesitaba medicación para frenar un colapso. Pensé que tendríamos más tiempo.

Necesito llevarla con un doctor, uno en quien confíe.

Y sólo hay una persona en el mundo que encaja con esa descripción.

Saco el teléfono y llamo a Sully.

—Necesito otro favor. Es una emergencia. —Explica mi plan mientras llevo a Paloma al coche y Sully me promete hacer lo necesario.

—Aguanta, princesa. —Le pongo el cinturón y le beso la frente. Su piel se puso sudorosa al tacto.

Romperé todos los límites de velocidad para llevarlos al pequeño aeropuerto en donde Sully tendrá a un avión privado esperándonos. De allí, será un vuelo directo a Nuevo México.

Sólo queda una llamada por hacer.

—¿Darius? ¿Eres tú, hermano?

—Matthias. —Me preparo para su ira, pero sólo suena curioso—. Necesito tu ayuda. Te llevaré a alguien. A una humana. Ella necesita atención médica. Ella es... importante para mí.

Hay una pausa. Probablemente sólo sean unos segundos, pero se sienten años. Miro cómo el pecho de Paloma se eleva y baja con dificultad.

Finalmente Matthias dice,

—¿Eso significa que...?

Romperé con mi exilio autoimpuesto y volveré adonde juré nunca regresar.

De regreso a la montaña Osos Malvados.

—Sí, hermano. Volveré a casa.

Capítulo ocho

P*aloma*

Un sonido de golpe me despierta. Abro un poco los ojos y miro con dificultad hacia la luz. Las formas borrosas se enfocan y se vuelven un par de cortinas verdes que adornan una ventana con luz alegre.

Hay un leve dolor en mi cabeza y en mi pecho, pero a no ser por eso, me siento bien. Muevo las extremidades y todo parece estar funcionando.

Me siento. Estoy en una cama grande que llena una habitación pequeña. Las paredes son troncos marrones y el piso está hecho de pinos tallados a mano y teñidos de color miel. Muevo la pesada frazada de leñador que me cubre y noto el juego de sábanas verdes que hace juego con las cortinas, la tela tiene la misma estampa de ositos marrones.

El único otro mueble es una pequeña mesa de luz y una lámpara y también hay un gotero con una bolsa llena de un líquido claro. Una pequeña venda en la parte interna de mi codo derecho me dice que alguien me clavó una aguja en algún momento.

No hay señales de Darius o de nadie más. Estoy en una

cabaña de madera que huele a pino y humo y alguien ha estado jugando al doctor.

No sé qué sucede, pero me escaparé. Hay voces que murmuran detrás de una gran puerta cerrada, así que bajo los pies de la cama en dirección a la ventana.

Tengo que parar y cerrar los ojos contra una gran ola de nauseas. ¿Me han drogado? ¿O sólo estoy demasiado débil por la medicación?

Ni bien tengo energía, me levanto de la cama. No llevo nada más que una camisa de leñador gastada. Está abotonada a medias y es tan grande que cuando me paro derecha, se cae hasta la mitad de mi muslo.

Toc, toc, toc, se escucha en la ventana. Voy descalza a ver la cabeza oscura y brillante de un cuervo que aparece y toca el vidrio grueso con su pico negro. Gira la cabeza y protesta, luego sale volando y vuelan muchas plumas.

Qué raro.

La ventana de la cabaña tiene una vista a una pradera acolchonada cercada por filas de pinos. Más allá de las ramas nevadas está la vista de una montaña gigante, magnífica bajo un cielo despejado y azul.

Es asombroso. Y horripilante. ¿Cómo llegué aquí? ¿Cuánto tiempo me desmayé?

Por las grietas alrededor de la ventana entra una pequeña corriente. Tiemblo y doy un paso atrás, pero no antes de que una enorme sombra caiga sobre mí. No puedo estar segura de lo que veo hasta que una cabeza peluda gigante se agacha y la criatura se queda mirándome con sus ojos negros brillantes.

Grito y me alejo de la ventana. Nunca vi un oso fuera de un zoológico y aquí está, mirándome como si pensada en romper la ventana con el puño para comerme.

La puerta detrás de mí se abre de golpe.

—¿Paloma? Es Darius.

Voy hacia él con dificultad y me levanta.

—¿Qué sucede? ¿Cuál es el problema?

—¡Oh! —Intento respirar bien y me siento tonta por gritar como si me estuvieran asesinando—. Había un oso. —Señalo—. Mirando por la ventana.

El oso se ha ido de la ventana, pero lo veo caminando por el campo nevado. Es enorme. No tenía idea de que los osos podían ser tan grandes.

—Está bien, —me calma Darius—. Probablemente tenga más miedo de ti que tú de él.

¿Él?

—Puedes bajarme. Sólo estaba sorprendida, eso es todo.

Darius parece no querer bajarme al piso de madera tallada de la pequeña cabaña, pero lo hace. Miro mientras el oso llega al otro lado del campo y se para en sus patas traseras. Una forma pequeña y oscura desciende. El cuervo aterrizó sobre su hombro.

¿Qué? ¿Por qué se siente como estar en un cuento de hadas? Pasé de Rapunzel a Blancanieves.

Las dos criaturas desaparecen entre los árboles.

—¿En d-dónde estamos? —Volteo de nuevo hacia Darius.

Está bien afeitado y se cambió el conjunto de esmoquin que me hizo derretirme. Ahora es digno de babearse por él con una vibra totalmente opuesta: una camisa de leñador gruesa y unos vaqueros gastados. Sus pies están descalzos. La camisa celeste y marrón hace juego con la mía.

—Nuevo México. Montaña Osos Malvados.

Mi mente da vueltas e intenta asimilarlo todo. Lo último que recuerdo es estar parada con él en la cocina en la casa segura que daba a la playa de Rhode Island. Ahora estamos a más de tres mil kilómetros de distancia... ¿acaba de decir...? ¿Montaña Osos Malvados?

—*¿Por qué?* —Digo al mismo momento que recuerdo que *oso malvado* era la frase segura que me dio.

Este debe ser su hogar.

—Te desmayaste y tenía que conseguirte atención médica.

—¿En *Nuevo México*?

—Atención médica de alguien en quien confíe.

—Claro. Tu hermano. Todo empieza a regresar. Dijo que su hermano podía recetarme algo.

—Sí.

—¿Él... encontró la orden correcta?

La expresión de Darius es de preocupación.

—Dejaré que él te cuente lo que encontró.

Pestañeo.

—No, dímelo tú. ¿Qué sucede?

—Ven aquí. —Darius toma mi mano y me lleva de la pequeña habitación a la sala de estar de la cabaña.

El fuego está encendido en la chimenea y hace que la sala de estar se sienta cómoda. En la mesa de la cocina hay un hombre que lleva una camisa limpia y blanca desabotonada y lentes de marco negro. Se pone de pie cuando salimos y me doy cuenta de que es incluso más alto que Darius. Pero no veo más semejanzas que la altura. Es evidente que no son hermanos del todo aún si tienen relación biológica. Su piel es oscura y es más delgado que Darius.

—Paloma. —El hombre tiene una voz gruesa como la de mi vikingo—. Me alegra ver que despertaste.

—Él es mi hermano, Matthias. —Darius me invita hacia adelante con una mano asegurando mi espalda baja.

Le ofrezco la mano y estrecho la de Matthias.

—Gracias por ocuparte de mí.

—Por supuesto. ¿Te sientes más como tú misma?

—Me siento un poco débil y mareada, —admito—. ¿Pudiste darme la misma medicación?

—Sí, acerca de eso. —Tiene la misma expresión de preocupación que tenía Darius.

—¿Qué sucede? —Miro de un hombre alto al otro. La forma en la que se me ponen los pelos del brazo de punta me dice que algo anda muy mal.

Quizás mi condición sea fatal, peor de lo que Thom lo hizo parecer. Quizás por eso quería reproducirme, para asegurarse de tener a alguien para seguir con mi trabajo cuando no estuviera.

Se me retuerce el estómago y una ola de nausea me recorre. Cuando me balanceo de pie, Darius pone un brazo alrededor de mi cintura y su gran palma sobre mi cadera para enderezarme.

—Paloma, no creo que estés enferma en lo absoluto. —Matthias se acomoda los lentes—. Encontré una gran cantidad de anticoagulantes en tu sistema, junto con varios compuestos químicos que podrían causar mareos y fatiga extrema.

—¿Anticoagulantes? Eso no tendría sentido en la hemofilia.

—No, no lo tendría. —Suena serio.

Me quedo mirándolo fijo, sin entender.

—Paloma, no creo que la medicación que te dio tu médico fuera para tratar ninguna enfermedad, —dice Matthias—. Creo que era veneno pensado para que te volvieras dependiente.

—¿Pero la hemofilia?

Matthias niega con la cabeza.

—No tienes hemofilia. Te di una dosis de una medicina

que hago aquí que promueve una sanación rápida. Ayudará a que los efectos del veneno se disipen rápido y luego veremos con el tiempo. Sospecho a que volverás a tener una salud perfecta.

Me considero fuerte. Tuve que serlo por Wren. Nunca pierdo tiempo llorando o sintiendo pena por mí misma. Pero mi visión se llena de lágrimas de ira con esta nueva traición.

—No... ¿no estoy enferma? ¿Nunca lo estuve?

La pequeña cabaña de pronto es demasiado cálida y asfixiante para mí. Una lágrima cálida cae por mi mejilla antes de poder contenerla.

Darius pone un antebrazo grueso alrededor de mi cintura y me sostiene desde atrás.

Pero lo empujo para que se aleje. Estoy demasiado enojada para alguien me toque ahora mismo.

—Necesito... —Miro alrededor con desesperación.

Darius me observa con preocupación.

—¿Qué necesitas, princesa? Lo que sea, es tuyo.

Estoy tan cansada de sentirme atrapada.

—Necesito salir, dar un paseo.

—Por supuesto. Busquemos unos pantalones. —Darius busca mi mano y luego inteligentemente deja la suya a un costado y vuelve al dormitorio. Lo sigo.

—Recomiendo descanso, comida y líquidos, pero el aire libre también tiene sentido, —dice Matthias con templanza a nuestras espaldas.

En la habitación, Darius abre los cajones y produce gruñidos mientras busca entre la ropa.

—¿Esta es la casa de Matthias?

Darius saca unos pantalones deportivos largos.

—No. Es la cabaña extra.

—Es tu cabaña, hermano, —dice Matthias desde la sala

de estar. Parece que el sonido llega a pesar de las paredes gruesas de troncos.

Darius niega la cabeza con irritación.

—Este no es mi hogar, —le responde. Sostiene los pantalones deportivos—. Estos serán demasiado largos, pero tienen un cordón para mantener la cintura. Podemos caminar hasta lo de Teddy y que pidas prestado algo de Lana.

Tomo los pantalones, todavía tengo demasiadas ganas de salir.

—¿Quién es Lana? —Exijo saber, como si Darius fuera el tipo malo que me esconde secretos.

Sé que no lo es. Sé que puedo confiar en él, pero después de saber que Thom me ha estado envenenando por años, siento la necesidad de armarme de agencia, información e independencia. Ya terminó la época de jugar a la doncella capturada. Ahora soy la guerrera merodeadora, e iré por Thom Thompson por todo lo que me ha hecho.

—Mi cuñada.

—Entonces Teddy es tu hermano.

—Sí.

—¿Tienes dos hermanos?

—Siete.

Levanto la vista de atar el cordón, sorprendida.

—Guau. Tus pobres padres. Apuesto a que era ruidoso por aquí cuando eras chico.

—Sólo madre. Ella nos adoptó a los ocho. Y sí, ruidoso es decir poco.

Ya me estoy calmando con sólo escuchar acerca de la familia de Darius. Sólo por su presencia tranquilizadora en la habitación.

Él me pasa dos pares de soquetes gruesos.

—No estoy seguro de que las botas de senderismo se queden en tus pies, pero podemos probar.

Me siento en la cama y me pongo ambos pares de soquetes, luego meto los pies en las botas gigantes que puso frente a mí. Mi pie se sale ni bien doy un paso.

—A la mierda, —digo y salgo con los dobles pares de medias de lana. Mantendrán a mis cálidos y protegidos. Si no salgo, explotaré.

Darius me sigue por la puerta principal de la cabaña y pone un gran abrigo acolchado por encima de mis hombros. Me lo acomodo mientras marcho por el porche de madera. Me detengo una vez que estoy en el bosque para mirar hacia arriba a los pinos altos. El aire huele limpio y fresco. Celestial.

El viento azota mis mejillas, pero hasta eso se siente bien. No estoy atrapada. Darius no me tiene prisionera. Estoy en el bosque bajo un cielo azul frío.

—Necesito llegar a Wren.

—Trabajo en eso, princesa. Ya le pedí favores a todos mis conocidos y mis hermanos también. Los mejores hackers del mundo están investigando a Thom y todas sus empresas. Encontrarán dónde está en Irlanda y llegaremos a ella antes que él.

Mi cuerpo se relaja. Confío en que Darius hará todo lo que pueda para encontrarla.

—Gracias.

—Por supuesto. —Él me observa—. ¿Cómo te sientes?

—Mejor, ahora que no estoy prisionera. Que cabrón. No puedo creer a ese pendejo.

—Lo haremos pagar.

Darius suena serio y decidido. Estoy de acuerdo, pero necesito un momento para disfrutar de mi libertad. Volteo y tomo la mano de Darius.

—¿Me muestras el lugar?

El vikingo me dedica una sonrisa devastadora.

—Será un placer.

Él me lleva por un sendero que hace una curva hacia abajo y se encuentra con otro camino. Sus botas crujen sobre las hojas caídas. Los pájaros cantan en todas las direcciones como si no nos tuvieran miedo. Es tan distinto de Lockepoint. De la costa este.

—¿Hay muchos osos en estos bosques? —Le pregunto. Me alegra que nos mantengamos en un camino bien recorrido.

—Eh... —Darius parece sorprendido—. Una buena cantidad.

—¿En serio? —mi respuesta parece un chillido—. ¿Son todos tan grandes como el que vi?

—Ese es el más grande, —me tranquiliza. Lo que no me calma en absoluto—. Sigamos caminando, —dice como si intentara cambiar de tema.

Entrecierro los ojos pero dejo que me guíe para seguir avanzando.

Un coro de gritos explota. Algo sucede en el campo detrás de un grupo de pinos. Acelero mis pasos para descubrir qué pasa, pero Darius parece no querer seguirlos.

—¡Llego! —grita alguien.

Doy un paso adelante hacia el campo justo cuando una forma difusa pasa rápido a mi lado. Un tipo alto sin camisa y con una falda escocesa corre a toda velocidad hacia el bosque y gira a último momento para atrapar una gran pelota blanca. Choca contra un arbusto pero sostiene la pelota.

—¡La tengo!

—Mira lo que haces, —gruñe Darius. Se pone entre el jugador y yo más rápido de lo que llego a pestañear.

—Perdón, Darius, —dice el tipo y me mira con curiosidad mientras trota de regreso al campo para unirse a los demás jugadores.

Hay cuatro, todos altos y de hombros anchos e increíblemente musculosos. El que no tiene camisa, el tipo que chocó contra el arbusto, tiene un pecho que es un laberinto de músculos que te deja boquiabierta.

Los jugadores se alinean mirándose entre sí, dos a dos. Tres de los cuatro llevan faldas escocesas. Uno tiene una camisa de pirata blanca y ancha y una falda escocesa roja, otro una camisa del mismo estilo pero negra, que hace juego con su falda escocesa negra. El tercero tiene una falda roja y no lleva camisa. El cuarto está vestido más normal, con una camiseta negra que muestra los tatuajes que cubren sus brazos desde la muñeca para arriba.

Con alguna señal no vista, el que no lleva camisa arroja la pelota detrás de él hacia su compañero en vaqueros. Los oponentes que llevan faldas escocesas van hacia adelante, pero los bloquea el que no tiene camisa, quien los arroja con suficiente fuerza como para golpearlos contra el piso.

Me estremezco, pero todos se ponen rápidamente de pie.

—Canyon, ¿qué carajos? —grita el que tiene la falda escocesa negra—. Te lo dijimos miles de veces. No hay placaje en el rugby.

—*Sí* hay placaje. Pero se supone que lo hagamos con él. El que tiene la camisa blanca señala al jugador tatuado, quien ha caminado hasta estar cerca de un árbol. Batea la pelota entre dos ramas dobladas, luego saca un cigarro de su bolsillo y lo enciende.

—Ohhhh, Axel. No fumarías «hasta que termine el juego, lo promestiste», —dicen a coro los tres jugadores con faldas. Ellos tres tienen el cabello castaño arena y piel pálida con pecas y parecen de la misma edad. También tienen todos la misma altura y tipo de cuerpo. No parecen idénticos, pero hay un gran parecido.

El jugador cerca de nosotros deja salir una gran nube de humo apestoso. Es más delgado que los otros tres y guapo como estrella de cine. Su largo cabello negro está atado en una coleta. Su camiseta proclama con orgullo que las motocicletas Triumph son las mejores en el mundo.

—Ey, Darius, —nos saluda—. Ey, chica de Darius.

—Axel, —Darius pone su brazo alrededor de mi cintura —. Ella es Paloma.

—Un gusto conocerte, —le digo.

Axel me ofrece el cigarro, pero lo rechazo con un movimiento de la mano.

Los tres jugadores con falda se nos unen. Todos son tan altos que siento que me encogí.

—Ey, ¿no nos presentarás?

—Paloma, ellos son los trillizos. Hutch, —Darius señala al que lleva la camisa blanca—, y Bern —Señala al que tiene la camisa negra.

—¿Qué hay de mí? —El que no lleva camisa empuja para pasar entre los otros dos. De cerca, su pecho es aún más sorprendente. El sudor se mueve en círculos por sus músculos y oscurece el cabello claro en su sien.

—Ponte camisa y lo pensaré, —gruñe Darius.

—Canyon. —Él que no lleva camisa se pone una mano en el pecho—. Mi señora. —Todos los trillizos hacen una reverencia.

Contengo la risa. Son todos enormes y adorables.

Darius me lleva más cerca. Está siendo muy posesivo, pero no me molesta.

—Estos son mis hermanos estúpidos.

—Ah, —hago una nota mental. Los trillizos y Axel parecen todos más jóvenes que Darius y Matthias.

—¿A cuántos de nosotros ha conocido? —Pregunta Bern.

—A cinco. Conoció a Matthias en la cabaña.

—¿Ya conoció a Teddy? —Pregunta Canyon.

Darius se pone tenso cuando mencionan a su gemelo.

—Aún no.

Hutch dice,

—Eso sólo deja a...

Las ramas se quiebran a nuestras espaldas y volteo para ver al oso de esta mañana empujando entre los arbustos. Darius no parece preocupado, pero me agarro de él. El oso se para en sus patas de atrás y le ofrece la pelota de rugby a Axel. Axel la acepta con calma. Tiene el cigarro saliendo de la comisura de su boca. Entiendo que no mucho lo sorprenda, pero nadie más está preocupado por el hecho de que haya un oso gigante parado junto a nosotros. Y parece que sabe jugar a la pelota.

Sólo yo me preocupo.

—Maldición, —suspiro.

—Está bien, —dice Hutch—. Sólo es...

Bern le da un codazo en el estómago y él se dobla.

—Sólo es un oso cualquiera, —me asegura Bern.

—Nuestro oso mascota, —agrega Canyon al mismo tiempo.

—Ah sí, nuestra *mascota*, —añade Hutch, frotándose el lugar en donde Bern lo codeó—. Se escapó del zoológico.

El oso los mira e inclina la cabeza. Parece algo en contra de lo que dicen. Luego se pone en cuatro patas y se aleja. Se mueve en silencio y realmente rápido para un animal tan gigante.

Tiemblo y Darius cubre mi hombro con su mano gigante. El peso es acogedor. Baja la cabeza y murmura,

—Bienvenida a la Montaña Osos Malvados.

* * *

Darius

—Tus hermanos son dulces, —me dice Paloma.

Volvimos a la cabaña y estoy preparándonos un salmón a la parrilla. Iba a caminar hasta lo de Teddy, pero le empezó a hacer ruido el estómago y estuve más que contento de terminar nuestro paseo y posponer la presentación de mi gemelo.

Ahora estamos solos, por suerte. Matthias se ha ido a su turno en el hospital y logré comunicarles a los trillizos que Paloma y yo necesitábamos algo de espacio. Axel se alejó, probablemente para trabajar en uno de sus proyectos eternos, ya sea un coche o una motocicleta. Y le dije a Hutch y a Bern que mantuvieran a Everest ocupado. Dos encuentros con un oso en un día es suficiente. Si quiere conocer a Paloma, tendrá que mostrar su forma humana.

—Pueden serlo, —gruño—. Pero mayormente son pendejos. Sobre todo mi gemelo.

La cabeza de Paloma se levanta.

—¿Tienes un gemelo?

—Sí, Teddy.

—¿Luce como tú?

Asiento.

—Idéntico.

—¿Cuándo lo conoceré? —Paloma está sentada en la mesa de picnic con la cabeza apoyada en las manos. Tiene un calor sano en las mejillas y parece más viva y relajada que nunca antes.

—Espero que nunca.

Ella se ríe como si estuviera bromeando, pero no. La casa de Teddy está en la montaña, pero Matthias dijo que el embarazo de Lana lo tiene más gruñón que de costumbre.

Espero que pase desapercibido. Siempre que nos vemos, peleamos. Combinando su mal humor con la manera en la que me exijo proteger a Paloma, eso llevaría a la tercera Guerra Mundial.

Sigo revisando mi teléfono.

Paloma levanta la vista cuando vibra al recibir un mensaje de texto.

—¿Sabes algo de la ubicación de Wren?

—Todavía no, pero mi socia, Kylie, está trabajando en eso. Su pareja, esposo, es el dueño de una empresa de seguridad informática y ella es una de las mejores hackers del mundo. Si alguien puede encontrar a Wren, es ella.

—¿Qué te dijo?

—Está trabajando en hackear las computadoras del colegio que se unen a la portátil que le dieron a Wren.

La tensión vuelve al rostro de Paloma y haría lo que fuera para quitársela.

—El tiempo vuela. ¿Y si él ya la sacó del viaje? O...

—No pienses en eso, —digo con firmeza—. La *encontraremos*.

—Debería llamarlo. Prometer entregarme, sólo para darnos algo más de tiempo.

—No, —gruño—. De ninguna forma. Eso le daría la oportunidad de pedirte cosas que no estamos dispuestos a darle.

—¿*Estamos*? —Paloma observa mi rostro.

Mi pecho se tensa. No puedo ser parte de un *estamos*.

No cuando mi oso es tan destructivo. Terminaría lastimando a Paloma, como lastimé a nuestra madre biológica y ella era una osa. Se curó. Si lastimo a Paloma, nunca me lo perdonaría. Preferiría morirme.

Pero tampoco hay forma de que deje que se sienta sola en eso.

—Sí, *estamos*. Estoy contigo en esto, princesa. Lo atravesaremos juntos.

Y luego tendré que dejarte ir.

Mi oso casi se libera ante eso. Tengo que voltear para esconder mis ojos brillosos de ella. Respiro profundo y aprieto los puños para mantenerlo abajo. Ha estado luchando con garras por salir desde que llegamos aquí.

Traer a Paloma aquí, a la montaña, hace que mi oso piense que la reclamará. Que la marcará como mi pareja destinada. La única razón por la que lo contuve, sospecho, es porque sabe que Paloma necesita sanarse. Pero la necesidad de marcarla está creciendo a cada minuto.

Como si lo que sucede con Thompson y encontrar a Wren no fuera lo suficientemente complicado.

Sirvo el salmón y freno a ver cómo da los primeros bocados. Me encanta alimentarla, maldición. Calma a mi oso.

Ella se retuerce en su asiento.

—Está delicioso. Gracias.

—Mejor que atún con macarrones y queso, al menos.

Su risa suave me provoca cosas extrañas en el pecho.

Reviso las papas que tengo rostizándose en papeles de aluminio. Ya casi están. Se levanta viendo y le lastima las mejillas a Paloma.

—Podemos entrar si tienes frío, —le ofrezco mientras me acomodo en el lugar frente a ella de la mesa de picnic.

Ella se limpia los labios con una servilleta.

—Me gusta estar afuera. Tras años de captividad, ir donde quiera debe sentirse glorioso.

Por un momento me siento culpable. He estado manteniendo a mi oso cautivo, encerrado. No es extraño que luche por liberarse.

Luego recuerdo lo que hizo, el desastre que alejó a ambas de mis madres. Encerrarlo es la única opción.

Paloma y yo estamos por terminar la comida cuando siento un aroma que me pone tenso. Salgo tan rápido de mi asiento que Paloma deja caer su tenedor.

—¿Darius? ¿Qué...?

—¡Hermano! —un grito enojado la interrumpe. A unos seis metros, en el bosque, un pino alto tiembla y cae, chocando contra el piso. De repente estoy parado entre Paloma y la fila de árboles.

Un gruñido de oso sale disparado de mi garganta.

Aparece mi gemelo con un brillo intenso en los ojos. Su oso está fuera de control.

—¿Qué carajos estás haciendo? —Me señala y después a Paloma.

—Theodore. —Empujo a mi oso hacia abajo. Soy el civilizado. Mantengo a mi oso encerrado en una ciudad llena de humanos. No dejaré que me rebaje a la altura de un animal.

Levanto las manos y mantengo la voz en un volumen razonable.

—Cálmate.

—Mi pareja está embarazada y trajiste peligro a la montaña, —me escupe—. Ahora me responderás a mí.

—No tuve elección, Teddy. Lo sabes.

—Ni siquiera tienes la decencia de decir que vendrás a casa para Acción de Gracias, pero ni bien quieres mostrar a tu *chica de alta sociedad* de Manhattan...

Me abalanzo antes de saber lo que hago. Sigo en forma

humana, pero tiré por la borda lo civilizado. Mi oso quiere hacerlo sangrar por hablar de Paloma como si no fuera nada. Tiro a Teddy al piso y golpeo su cara.

—¡Darius! —Grita Paloma cuando le rompo la mandíbula.

Teddy logra ponerse encima y me golpea las costillas.

—No estarás contento hasta destruir toda nuestra montaña, —ruge.

Bloqueo su golpe a mi rostro.

—Esta es nuestra casa y no eres bienvenido si no puedes respetarla. Ahora tengo un cachorro que proteger. —Me golpea en las costillas, derechas e izquierdas.

No me importa nada la montaña en este momento.

—¿Piensas que tu pareja es más importante que la mía? —Levanto los pies en el aire para arrojar a Teddy mientras me vuelvo a poner de pie—. *¿Eso crees?* —Gruño.

—¡Darius, detente! —Grita Paloma. Ella está justo a mi lado, lo que enloquece más a mi oso. No quiere que los puños de Teddy estén ni cerca de ella.

—¿Ella *es* tu pareja? —Teddy se acerca a mí, amenazando con golpearme. Lo esquivo y le doy en el riñón—. No la has marcado. Ella ni siquiera sabe lo que eres.

Mi oso ruge ante la idea de marcarla. Él ya está tan cerca de salir a la superficie que pierdo más el control.

—No puedo. —No sé si se lo estoy diciendo a mi oso o a Teddy. Todo lo que sé es que tengo que cerrarle la puerta al oso o Paloma saldrá herida.

—¿Qué quiere decir con *lo que eres?*

Mi oso se libera. Siento que sucede el cambio.

—Vete, —digo entre dientes—. Corre.

Paloma grita, su rostro se pone pálido cuando ve bien mi cara. Sé lo que ve, mi oso salvaje, mis ojos brillantes.

—Deja que lo vea. —Teddy se limpia la sangre de la

boca con el dorso de la mano, rebota sobre sus talones como un boxeador.

—¡No! —Rujo. Tengo que alejarme de ella. No puedo herir a mi hermosa pareja.

—¿Ver qué, Darius? —Chilla Paloma. Está enojada, pero no estoy seguro de por qué. Quizás tenga miedo.

Yo también tengo miedo. Miedo por ella. Miedo por lo que pensará de mí cuando se entere de lo que soy.

—¡Vete ahora! —Rujo y me pongo en cuatro patas, mi columna se dobla mientras lucho con mi oso.

—Él no te lastimará. —Teddy levanta una mano mirando a Paloma, quien no se ha movido. Mantiene su mirada sobre mí, preparado para mi ataque.

Este maldito idiota. Me hizo transformarme y asustar a Paloma. Necesito recuperar el control, pero primero... lo haré pagar.

Mi oso gana el control y pierdo la lucha. El aire cruje cuando me transformo.

—Por fin, —gruñe Teddy.

Me paro con mi altura total de dos metros y medio y le rugo a Teddy. Una advertencia antes de hacerlo pedazos.

Capítulo nueve

aloma

P Mi boca está abierta. ¡Darius *es un oso!* Un oso gris gigante y aterrador con una fila de dientes brillantes y afilados y garras de doce centímetros.

Se abalanza sobre su hermano, *¡quien también es un oso!* Los dos luchan y ruedas por el suelo con rugidos feroces.

Me late fuerte el corazón. Mis pies siguen pegados al suelo del bosque a pesar de las órdenes de Darius de que corra. No sé si estoy paralizada por el miedo o la fascinación. O sólo porque me niego a que me digan qué hacer nunca más.

Sobre todo, quiero que Teddy deje a Darius en paz, maldición.

—¡Deténganse! —Grito y levanto una piedra que apunto. Lo reconsidero y la dejo, no quiero pegarle a Darius. Encuentro un palo grande que usar en su lugar. Puedo con esto; estoy rodeada de animales grandes todo el tiempo.

—¡Deténganse! ¡Shu! —Sé cuál es Teddy por el color de

los pedazos de su camisa que cuelgan destrozadas de su cuello. Lo golpeo encima de la cabeza—. Vete.

Ni bien se quiebra la madera sobre ese cráneo enorme, me doy cuenta de que cometí un grave error. Este es un oso gris, no un caballo. No es que fuera a golpear un caballo. Pero este oso podría matarme con un movimiento de su enorme pata.

Sorprendentemente, Teddy produce un sonido de gorgojeo y se pone en cuatro patas, apartando su cabeza de mí.

—Eso es, —grito, empoderada—. ¡Vete! ¡Vete a casa! —Lo toco con el extremo del palo—. ¡Oso malvado!

Él toma la rama y la parte en un movimiento muy humano y, por un momento, creo que he ido muy lejos, pero luego se aleja en la misma dirección de la que vino.

Me quedo mirándolo sorprendida y luego una risa histérica sale de mi boca.

—Un oso malvado, —me tapo la boca para contener la carcajada de risas— en la Montaña Osos Malvados.

Pero cuando giro para ver a Darius, encuentro a un hombre desnudo en lugar de un oso. Un hombre vikingo musculoso y glorioso.

Está jadeando, su expresión es de dolor, sus puños y dientes están apretados como si estuviera concentrado. Camina hacia mí, sus ojos fríos siguen brillando, y me toma en sus brazos, haciéndome sentir liviana como una pluma.

Ahora sé por qué no soy demasiado pesada para Darius. No es humano. Su oso probablemente prefiera una mujer con algo de carne en los huesos. Quebraría a la mitad a una de esas modelos endebles como las que Thom quería que pareciera.

—No puedo... —Parece no poder hablar. Me lleva subiendo las escaleras hasta la cabaña.

Mi cerebro recuerda y choca contra una pared de ladrillo, reconoce de nuevo que *mi amante es un oso*. Sabía de los hombres lobo. No sabía de los osos.

—No... —Darius intenta otra vez— ...no es seguro, —murmura—. No estás a salvo conmigo.

Quizás debería tener miedo. Quizás Tal vez intentaba lograr que Darius me mordiera y me convirtiera en una mujer lobo como ellos. Quiero decir oso. Mujer oso.

Oh por Dios, ¿qué está sucediendo?

¡Esto no puede ser real!

Pero estoy segura de que *estoy* a salvo. Sí, mi pulso sigue acelerado por la adrenalina que corre por mis venas, pero ninguna parte de mí cree que Darius vaya a lastimarme. Ni siquiera lo creyó cuando era un oso gris gigante.

Además, Teddy dijo que no me lastimaría.

Pero Darius parece pensar que sí lo haría.

—Esto no está bien. No quería que vieras eso. —Darius me lleva a la habitación—. Traba la puerta. Déjame afuera. No estás a salvo con él. —Intenta apoyarme, pero me quedo agarrada a su cuello y envuelvo las piernas alrededor de su cintura.

—¿No estoy a salvo con quién? ¿Teddy?

—Conmigo. —Se acerca a la cama e intenta depositarme, pero sigue negándome a que me baje. Si piensa que me encerrará en una habitación de nuevo, incluso si es por mi bien, está loco.

—Estoy a salvo aquí.

—No conmigo. No con mi oso.

Apoyo la frente contra la suya arrugada.

—Estoy bien, —murmuro contra si piel. Como si fuera mi caballo, Starlight, asustado por algo en el camino, mantengo la calma por él—. Estoy bien. Nada malo sucedió. Estamos bien aquí juntos ahora.

Él se sube a la cama conmigo todavía en sus brazos y nos baja juntos; su cuerpo desnudo cubre el mío. Nos miramos a los ojos. Todavía tiene ese brillo salvaje color ámbar; ahora entiendo lo que he estado viendo. Darius no es humano; es algo totalmente distinto. Quizás por eso me atrajo desde el principio.

Sentí que no era nada parecido a los hombres terribles que me han rodeado por los últimos diez años. Equivocadamente asumí que era uno de ellos, allí para comprarme, pero mi cuerpo sabía que era diferente. Mi cuerpo se puso eléctrico en su presencia.

Es mi sí eléctrico.

Me estiro para tocar su rostro.

—Darius. —Sus ojos brillan, ardiendo con su lado animal.

Baja su boca en un beso feroz. Separa mis labios con la lengua mientras sus caderas se acomodan en el espacio entre mis piernas.

Busco el cordón de los pantalones deportivos para desatarlo. Logro hacerlo y bajo la cintura de los pantalones por las curvas de mis caderas.

—Paloma, —dice Darius con voz rasposa—. No sé si debería...

—Deberías. Estamos bien, —murmuro—. Estamos bien.

—No es seguro, —insiste Darius entre besos desesperados—. No estoy a salvo. Estar aquí en esta montaña contigo... —Él abre la camisa de leñador que llevo y rompe todos los botones. Es mejor que un vikingo. Es glorioso.

—¿Lo ves? Estoy fuera de control.

Rompe la tela de mi camisola rosa de satén a la mitad. Mis pechos expuestos rebotan hacia afuera, los pezones están duros.

Él baja la boca, como si estuviera desesperado por poner

sus labios sobre mis pezones. Succiona fuerte y grito, el tirón esperado entre mis piernas hace que la piel de allí se tense.

—Perdón. —Levanta la cabeza, sin aliento—. ¿Fue demasiado?

Tomo sus orejas y guío su cabeza hasta mi otro pezón.

—No. Continúa.

Él mueve la lengua a su alrededor. Raspa con los dientes.

El amante suave y controlador de la casa en la playa se ha ido. Pensé que nada podría superarlo, pero resulta que había algo incluso mejor.

Porque me *encanta* el Darius descontrolado.

Esta pasión ruda es la magia que crea leyendas.

—Lo siento. —Darius sigue disculpándose por su lado animal. Sus manos ásperas me tiran hacia abajo sobre la cama para que pueda morderme el cuello. Siento su lucha interna, supongo que no le gusta ser así. Mostrar este lado de él mismo.

Por fin, dijo su hermano cuando cambió de forma.

Quizás ha rechazado este lado de él mismo. Lo cambió por el gerente cuidado del Fondo de inversión de Wall Street. Está en lucha con los dos lados de sí.

—No... ¡no! —Ruge, negando con la cabeza tan fuerte que su cuello suena y cruje. Mi sensación es que no me está hablando a mí, le está hablando a su otra mitad.

Le está hablando al oso.

—Lo siento, Paloma. No debería estar aquí contigo. No así.

—Deberías. —Soy firme. Sé por trabajar con caballos que si le sigo la corriente con miedo, el animal reaccionará. Tengo que mantener una energía de confianza. Mostrarle que no tengo miedo. Que somos amigos.

—Es sólo que no soy yo mismo aquí. La montaña saca a

la luz a mi oso. Y mis hermanos también. Y *tú*. Sobre todo tú, princesa. Ni bien te vi en Lockepoint, mi oso enloqueció. Está loco por ti.

—Me encanta tu oso, —le aseguro.

No sé por qué lo digo, apenas conocí a su oso, pero me doy cuenta de que hay una lucha terrible dentro de Darius ahora mismo. Quiero que se sienta seguro de ser su verdadero yo conmigo.

Como sea que sea.

—No quiero que te lastime.

No sé qué tan peligroso sea su oso, pero sé que su gemelo, que tiene un oso que luce igual de feroz, agachó la cabeza cuando lo golpeé con un palo y luego salió corriendo cuando se lo ordené. Y sé que su gemelo me aseguró que Darius no me lastimaría.

Parece que el oso de Darius sólo salió porque Teddy lo hizo irritarse y esa ira fue por un insulto hacia mí.

—No me lastimarías. —Paso las manos por sus hombros desnudos, mis palmas aman el paisaje esculpido de sus músculos amuchados. Su pene duro encuentra el lugar entre mis piernas y él gruñe, baja la frente contra la mía mientras se desliza por mi humedad.

—Paloma, —suena roto—. No puedo. Tengo miedo de marcarte.

—¿Marcarme? ¿Eso qué significa?

—Un oso... —Gruñe como si estuviera adolorido. Como si estar tan cerca de mí fuera una tortura.

Muevo las caderas debajo de él para tener más contacto con su miembro.

—Ah, mierda, —gruñe.

—¿Qué significa? —Le vuelvo a preguntar.

—Claro. Es... un oso marca a su pareja con su aroma. —Raspa el costado de mi cuello con sus dientes—. Entonces otros transformistas saben que ha sido reclamada. Mi oso quiere reclamarte con sus dientes.

Sus palabras me frenan y podría haberme hecho hacia atrás o ido más lento, pero al mismo tiempo, la cabeza del pene de Darius encuentra mi entrada Gimo mientras mi sexo empapado se abre para él, como si mi cuerpo supiera y entendiera que soy suya para que me reclame.

Inclino la pelvis y empujo hacia atrás contra la presión firme de la cabeza de su miembro. Tomo la punta. Se siente delicioso.

Él gruñe como respuesta.

—No puedo... —Pero su cuerpo no obedece a su voluntad. Me penetra con un movimiento rápido de sus caderas.

Grito por el dolor-placer. De que me abra su grosor. De que me llene su largo.

—Lo siento. Lo siento, Paloma. No quise hacerlo.

Sé que no lleva preservativo, pero no me importa. Ahora también estoy a cargo de mi propia reproducción.

A la mierda con Thom Thompson y todos sus planes enfermizos para mí.

—*Yo* quise hacerlo. —Le sostengo la mirada.

Se vuelve más firme mientras se mueve dentro de mí.

—Sin mordidas, —digo con firmeza ya que eso sonó peligroso—. Pero quiero tu pene de oso vikingo.

Vuelve otra parte de Darius, su expresión pasa de la angustia y el delirio al hombre sensual que me sedujo en mi habitación. Sus labios se levantan en las comisuras.

Me lo ace, su cuerpo hermoso moviéndose sobre el mío.

—¿Quieres esto, princesa? ¿Quieres este gran pene?

—Sí. Esto es lo que quiero.

—¿Te gusta cuando te lleno? ¿Cuando estiro tu dulce piel virgen para que me tomes?

Sonrío como una gata satisfecha mientras hace que la cama se sacuda con sus empujones.

—Ya no soy virgen, —alardeo.

Porque estoy realmente orgullosa de tomar el control de mi vida sexual. De pedir y obtener lo que necesito. De arruinar los planes que Thom tiene para mí.

—No, no lo eres, ¿verdad? —Darius se sostiene con una mano junto a mi cabeza, usa la otra para evitar que mi cabeza choque con la cabecera—. Ahora eres mía, —declara.

La rebelde en mí quiere negarlo. Puede que me guste fingir que soy una bella doncella capturada por el vikingo, pero en la vida real, no le pertenezco a nadie. Nunca más un hombre me retendrá contra mi voluntad.

Pero Darius no me tiene prisionera. Quiero estar aquí, debajo de él. Quiero ser la que lo enloquece a él y a su oso. Quiero que me reclame como suya. Incluso que me marque con su aroma, así todos los transformistas lo sabrán.

Quiero reclamar yo también a Darius Medvedev.

—Ahora eres mío, —le respondo.

Una sonrisa lenta se extiende por su rostro y él empuja con intención. Como si estuviera reclamando mi vagina. O mi vientre.

—Eso es, mi pequeña *dove*. Soy tuyo. Quieres este pene, lo pides. Mañana, tarde o noche, es tuyo.

Se siente tan bien que mis ojos se ponen en blanco. No quiero nada más que ser llenada por este hermoso hombre oso. Pero no es suficiente. Necesito más. Más rápido.

—Por favor, —empiezo a gritar—. Por favor... ahora. Lo necesito.

—¿Quieres acabar, corazón? —La voz de Darius es rasposa.

—Sí. Juntos.

—¿Quieres que acabemos juntos?

Lo quiero. Puede que no tenga experiencia en el sexo, pero las novelas de romance han sido mi única forma de entretenimiento por los últimos diez años. Estoy programada para creer en el santo grial de la compleción: el orgasmo simultáneo en donde todos los fuegos artificiales estallan y los volcanes erupcionan.

Quiero llegar a la cima con Darius. Quiero que estemos juntos en esto. Porque de pronto tengo la sensación de que es la única forma en la que tendremos éxito contra Thom. El amor es la magia más vieja.

Thom me separó de Wren para evitar que lo usáramos contra él, pero no contó con Darius. El hombre cuyo oso supe que iba conmigo.

Y tengo la sensación de que juntos seremos imparables.

—Mierda, —murmura Darius—. Estoy perdiendo el control.

—Sin morder, —le recuerdo, jadeando por la fuerza con la que se puede contra mí—. ¡Ahora, Darius! ¡Por favor!

El rostro de Darius se contorsiona. Su barba parece crecer frente a mis ojos. Grita y luego choca contra mí, la cama se golpea contra la pared con tanta fuerza que sospecho que sus siete hermanos lo escucharán.

—¡Sí! —Grito—. ¡Sí! —Me catapulto al abismo, cayendo y girando hacia el olvido.

No hay fuegos artificiales. Es una avalancha. Una cascada de placer que me da vuelta. Y también un volcán; ese es Darius, erupcionando y tirando su semilla caliente dentro de mí. Tan caliente y espesa, juraría que siento que choca contra la pared trasera de mi canal.

Luego es el ojo del huracán. Los vientos fuertes de una tormenta nos rodean, pero estamos en el centro, flotando.

Acurrucados en el lugar calmo de estar juntos.

* * *

arius

—Paloma, —digo con dificultad mientras la realidad vuelve a mí y me doy cuenta de lo que he hecho.

No la mordí. Al menos no creo haberlo hecho.

Pero estuve fuera de control.

Diablos, *podría* haberla mordido. Si alguna vez perdiera el control de mi oso a su alrededor, podría hacerle un daño real. Maldición, hasta podría acabar con su vida.

Es suficiente razón para terminar con esto del todo una vez que hayamos derrotado a Thompson.

Nunca. Mi oso ruge hacia la superficie.

Me salgo de encima de Paloma antes de hacer algo de lo que me arrepienta.

Ella se queja por mi salida abrupta.

Me paro junto a la cama en donde quedan mis pies, mi mirada está en el semen esparcido entre sus piernas.

—Mierda, Paloma. Perdí el control. No usé protección.

—Lo sé, —dice, tranquila como una lechuga. ¿Las lechugas son tranquilas? No, son frías. Bueno, es fría como una lechuga entonces.

La agonía por mi error me invade.

—Te buscaré una toalla. —Me dirijo al baño para buscar una toalla caliente mientras ella dice—. Está bien.

Cuando vuelvo, encuentro a Paloma pasando sus dedos por mi esencia, usándola para acariciarse a sí misma, pintando todos sus labios internos y clítoris como si se regodeara de estar cubierta por mi esencia. Como si se estuviera marcando al estilo humano.

Casi vuelvo a perder el control, mi oso tira de la correa, muere por hundirle los dientes filosos en la piel humana delicada. Me congelo a medio camino de la habitación, respiro profundo por las fosas nasales para obligar a mi oso a volver a bajar.

Paloma me mira con párpados cansados, todavía se acaricia, como si la calentara torturarme así.

—Mierda, te deseo, —murmuro cuando es seguro volver a caminar.

—Me tienes, —ronronea.

—No es suficiente. —De pronto estoy encima de ella, separando bien esas rodillas y usando mi lengua para distribuir mi esencia por cada milímetro de su sexo.

Ella llega al orgasmo contra mi boca, como si sólo estuviera esperando mi lengua para hacerla cruzar la línea de llegada por segunda vez.

Uso la toalla para limpiarla, y beso el ápice de su hendidura, pasando la lengua por el hueco una vez más.

Ella tiembla y convulsiona otra vez con una segunda descarga.

—Eres un oso, —murmura despacio cuando levanto la cabeza. Ella se estira para llevar mi cabeza hacia su rostro y darme otro beso—. ¿Qué sucede con tu cabello? ¿Ser oso hace que crezca super rápido?

—Ah. —Paso la mano por mi cabello y encuentro mechones del largo de Fabio—. Tal vez mi oso piensa que si parezco vikingo pueda reclamarte.

La risa de Paloma es cálida y rasposa. Ella me besa.

—Tengo un millón de preguntas.

—¿Sí? —Me acomodo a su lado, acerco su rostro al mío para poder ponerme cerca.

—Aján. —Ella raspa con sus uñas ligeramente por el cabello de mi pecho—. ¿Qué tan seguido te conviertes en un oso? ¿Es con la luna llena? ¿O cuando te enojas?

Niego con la cabeza.

—No es con la luna llena. Sí, con el enojo. —Mi mano encuentra su trasero y lo aprieta—. Y la lujuria. Pero sólo contigo.

Ella mira hacia arriba debajo de sus pestañas.

—¿Nadie más?

—Nunca. Mi oso nunca quiso a nadie más.

Miro cómo se acelera su pulso en su garganta. Ella no parece tener miedo, eso es un alivio.

—Y para responder a tu pregunta, casi nunca. Mi oso no es seguro.

—¿Qué quieres decir?

Darius niega con la cabeza.

—No puedo dejarlo salir porque... destruye. No puedo controlarlo cuando sale. No es normal; el resto de mis hermanos tienen control. Es... hay algo malo en mí.

Me quedo pensando en eso. Mi saber psíquico me dice que no es verdad. Darius puede no confiar en su oso, pero la energía no me dice que haya algo malo en él. Lo dejo ir por un momento.

—¿El oso que estaba afuera de esta ventana más temprano era Teddy?

—No, ese era Everest. Otro hermano. Lo conociste en el campo de rugby.

—Claro, la «mascota». —Ella hace pequeñas comillas en el aire con los dedos—. Entonces, ¿todos tus hermanos son osos?

—Sí.

—¿Tu mamá es una osa?

—¿Winnie? Sí. Ella está... hibernando.

—¿En serio? —Paloma se sienta en la cama.

—Sí.

—¿Tú hibernas?

—No. No es realmente... normal. O sea, tampoco es anormal. Pero no sabemos por qué lleva años dormida.

—¿*Años*? ¿Es como un coma? ¿Está asistida? ¿Cómo permanece con vida?

—Nah, sólo duerme sin parar. Se levanta ocasionalmente, se baña, come un poco y luego vuelve a dormir.

Paloma busca mi mano y la cubre.

—Lo siento. Eso debe ser muy difícil para todos ustedes.

—Sí.

—¿Qué sucede con Teddy? Parece que ustedes no se llevan bien. ¿De qué se trata eso?

—Él sólo está enojado porque me mudé a Nueva York para vivir entre humanos.

Paloma espera más, me obliga a examinar mis palabras.

—Eso no es verdad, en realidad, —admito—. Está enojado porque quería desarrollar para de la Montaña Osos Malvados para poder salvarla de otros desarrolladores.

Los ojos de Paloma se agrandan.

—Ah. Supongo que cualquier desarrollo sería molesto si fueras un oso.

Me desplomo ante su análisis.

—Sí. Sólo pensé que podría controlar la forma en la que sucedería y al menos podríamos salvar nuestra parte de la montaña.

—¿Entonces qué sucedió?

—Teddy conoció a Lana, su pareja, cuando ella estaba haciendo senderismo y su hermanastro intentó asesinarla. Él la rescató. Y luego ella lo volvió a rescatar. Resultó ser una billonaria. Es diseñadora de ropa. Dueña de una empresa de ropa deportiva para tallas grandes.

—¿DiosaIndumentaria?

—Sí, esa misma. Entonces salvó a la montaña de todo el desarrollo.

Hay un gusto amargo a derrota en esa historia para mí, a pesar de que todo tuvo un final feliz. Odio ser el tipo malo cuando intenté hacer las cosas bien por mi mamá. Por mi familia.

Como si Paloma me leyera la mente, ella me aprieta la mano de nuevo.

—Estabas intentando ayudar, e igual te culparon. Eso debe doler.

Asiento. Mierda.

—Sí. Eso... gracias. Nunca hablé con nadie acerca de mi familia. Es un... eh, lugar vulnerable, para ser honesto.

La mirada de Paloma es cálida y abierta. Hay un río de entendimiento que fluye de ella a mí, a pesar de la culpa y la oscuridad que he sentido por todo eso.

—Ey, sabes que vengo de la «familia» más trastornada de todas. —Ella vuelve a hacer comillas en el aire cuando dice la palabra *familia*—. Me doy cuenta de que ustedes se aman entre sí. Al menos no se están envenenando o encerrando gente en torres.

Pongo su rostro contra mi pecho y beso la parte superior de su cabeza.

—Ellos piensan que soy avaro. Y es verdad; fui a Nueva York para ver cómo hacerme rico. Mi meta siempre fue salvar la montaña. Pero tomó mucho más tiempo del que mi yo más joven pensaba.

—Pero lo lograste. Escuché que Thom dijo que tuviste el fondo de crecimiento más rápido el año pasado. Parecía orgulloso, como si él hubiera estado relacionado con tu éxito.

—Le gusta fingir que es mi tutor, —me mofo—.

Sí, lleva el rol paternal a un nivel enfermizo.

—La verdad es que... creí que iba a salvar la montaña.

Lo creí justo hasta el año pasado cuando ya no necesitaba que la salvaran. Y entonces...

—Debe haber sido difícil cuando tu motivación para el éxito desaparece bajo tus pies.

Mis ojos arden de forma inexplicable.

—De hecho... me hizo dar cuenta de que todo había sido una mentira.

La frente de Paloma se arruga con confusión.

De pronto necesito sacarlo todo: la fuente de todo mi dolor. La razón por la que huí a Nueva York. La *verdadera* razón, no la que fabriqué para justificar mantenerme alejado.

—Teddy no sólo me odia porque quería desarrollar la montaña. Tiene razones más profundas.

Paloma vuelve a esperar, pero me resulta difícil hablar. Ella me toca el hombro.

—Puedes decirme. Lo que sea que es, está en el pasado. No te juzgaré.

Respiro profundo e intento explicar.

—Llegué a la pubertad temprano, muy temprano. Sólo tenía siete cuando me transformé por primera vez y estaba totalmente fuera de control. Estaba aterrado. Sabía que éramos hombres oso, pero nuestra mamá, nuestra mamá biológica, nunca se había transformado. No le gustaba. Decía que no podía porque vivíamos en un parque de casas rodantes de humanos. No sabía qué significaba ser oso en realidad. O cómo se sentía transformarse. Un minuto tenía siete años, y el próximo era un osito asustado atrapado en una pequeña casa rodante. No tenía ninguno de mis pensamientos humanos. No sabía dónde estaba. No reconocía la casa rodante. Ni siquiera sabía que la humana y el niño en la casa conmigo eran mi mamá y mi hermano. Sólo tenía la sensación de estar en el lugar equivocado y necesitaba salir al bosque. Por supuesto, no sabía cómo abrir la puerta o siquiera lo que era una puerta. Así azoté todo en el pequeño remolque en el que vivíamos, destrozando todo al carajo para intentar salir. Lastimé a mi mamá en el proceso. La herí con mis garras en el pecho y en el rostro. Apuñalé a Teddy. Finalmente, Teddy abrió la puerta y salí corriendo.

—Dios, Darius. No puedo imaginarme lo traumático que fue eso para ti.

—Sólo recuerdo un terror ciego. No sabía que había pasado o cómo volver a transformarme a mi forma humana. Mi mamá no me siguió. Podría haberse transformado para darme una mamá oso que me ayude, pero no lo hizo. Winnie, nuestra mamá adoptiva, lo hubiera hecho. Ella sabía cómo criar osos jóvenes.

—¿Por qué no lo hizo?

—No lo sé. Era como si nuestra mamá real les tuviera miedo a los osos, incluso si ella era uno.

—¿Qué pasó contigo?

—Corrí. Encontré la forma de llegar al bosque y seguí corriendo por tres días y noches hasta finalmente colapsar por lo exhausto que estaba y volver a cambiar a mi forma humana.

—Winnie me encontró, aquí arriba en la montaña Osos Malvados. Ella me halló y eventualmente localizó a mi mamá y me trajo de regreso al remolque. Tres días después, mi mamá nos dejó en la casa de Winnie y desapareció para siempre.

—¿*Qué*? —Los ojos de Paloma se vuelven grandes por la sorpresa—. ¿Ella abandonó a sus hijos?

Intento y no puedo tragar la angustia en mi garganta.

—Sí. Básicamente. Le dejó una nota a Winnie que decía que no sabía cómo criar osos.

—Dios, eso debe haber sido confuso y devastador para un niño pequeño.

Ayuda que ella hable del trauma por mí. Internalicé todo el evento como mi oso saliéndose de control. Aterrorizándome a mí y a mi familia. Causando heridas que no podían sanar.

Por eso tengo miedo de lo que le hará a Paloma.

A veces olvido que sólo era un pequeño niño. No me sorprende no haber podido domar a mi oso.

—Entonces quizás Teddy me odie por eso, no lo sé. Winnie fue paciente, pero mi oso siguió descontrolado por años. Después de la secundaria, él se unió al ejército y yo me fui a Nueva York. Hemos tomado caminos totalmente diferentes desde entonces.

Estoy mirando hacia afuera por la ventana, así que el aroma salado de las lágrimas de Paloma me toma por sorpresa. Mi cabeza vuelve a mirarla. Sus hermosos ojos marrones nadan en lágrimas y ella está limpiando otras por debajo.

—Oh mierda, —me siento y la traigo a mi regazo, inclinándola hacia mí—. No estés triste por mí.

—Estoy triste por los dos, —dice Paloma—. Ambos tuvimos que separarnos trágicamente de nuestros hermanos por demasiado tiempo.

—No sé lo de *trágicamente,* —murmuro.

—Si, la tragedia es que los dos podrían haberse arreglado hace mucho, pero tú huías de ti mismo. E hiciste que ese tú sea Teddy

Me quedo mirando a Paloma, mi corazón late con una fuerza antinatural en mi pecho. Si cualquier otra persona lo hubiera dicho, la habría ignorado. Me habría alejado, como siempre lo hago. Habría reprimido cualquier sentimiento que me causara dolor, igual que reprimo a mi oso.

Pero es Paloma. Mi *pareja*. La mujer que ya tiene mi corazón. La mujer a la que quiero darle todo.

—No sé si estaba huyendo de mí mismo. Pero definitivamente de mi pasado. Quería ir a algún lugar en donde mi oso no pudiera lastimar a nadie. Lejos de esta montaña donde apenas pude controlarlo.

—Suena a que le tienes miedo a tu oso. Quizás lo heredaste de tu madre.

—No me sorprende que mi madre tuviera miedo, mi oso la *lastimó*. Y ella era transformista, así que se curó, pero si le hiciera eso a alguien como tú...

—Quiero decir que ella tuvo miedo de su propio oso.

Me trago el tormento de las malditas palabras que estaban por salir disparadas de la boca de mi oso y el daño está hecho.

Pestañeo.

Nunca se me ocurrió que mi mamá de temía a su *propio* oso.

Y lo que es seguro es que no quiero ser como mi mamá.

Pero... mierda. ¡Hice exactamente lo mismo! Abandoné a mi familia porque eran muy parecidos a mi oso como para soportarlo.

Ahora mismo, desearía que Teddy me estuviera golpeando fuerte. Se sentiría mucho mejor que la vergüenza profunda que me entierra vivo.

—Mierda, tienes razón, —murmuro y me froto la frente.

—Vamos. —Paloma se baja de la cama y tira de mi mano—. Vamos a limpiarte, todavía tienes bosque en ti, y a mí también me vendría bien una ducha.

La sigo al baño y abro la ducha y luego le doy a Paloma una lenta y enjabonada segunda ronda.

Capítulo diez

Paloma

La ducha estuvo genial, de muchas formas, pero lo que es incluso mejor es la sensación de que Darius y yo hemos conectado en un nivel nuevo y más profundo.

Es más que un guerrero vikingo realmente ardiente. Más, incluso, que un hombre que puede transformarse en oso a voluntad.

Es humano. O al menos, mi definición de humano, un hombre con un corazón que duele.

Mientras me pongo otra de las camisas de leñador de Darius, se escucha un golpe en la puerta.

—¡Iujuuu! ¿Darius? ¿Paloma? —llama una voz femenina desde el frente de la cabaña.

—Esa debe ser Lana. —Darius se pone unos vaqueros y se dirige, sin camisa, a abrir la puerta. Lo sigo sin nada más que su camisa.

Una mujer curvilínea con piel oscura y suave y trenzas largas con puntas rosas pone sus brazos alrededor del cuello de Darius. Detrás de ella, Teddy está parado incómodo y sostiene dos bolsas grandes de compras.

—¡Darius! Cómo te atreves a venir a la montaña y no saludar, —Lana hace como que lo golpea y se mueven sus trenzas. Su cabello es del mismo rosa suave que su sudadera.

—Íbamos a decir hola, —gruñe Darius mientras recibe su abrazo con uno cálido—, pero tu pareja decidió tirar un árbol y desafiarme a pelear frente a Paloma.

—Sí, me enteré de eso. —Lana se aleja y mira afectuosamente por encima de su hombro hacia Teddy—. Es muy sobreprotector del cachorro. —Ella pone su atención en mí, estirando ambas manos en vez de estrechar una—. Y tú debes ser Paloma. Es un gran gusto conocerte. Me emociona tanto tener una cuñada. ¿Cómo te sientes? Me enteré del veneno, ¡qué horrible!

—Em, mejor, gracias.

Lana es mucho para procesar, pero me encanta de inmediato. He estado muy sola por mucho tiempo, sobre todo extrañando a mi hermana, así que no me molesta que ya me haya adoptado como su nueva familia.

—Bien. Matthias puede curar a cualquiera, incluso del veneno. Aquí traje algo de ropa para ti. —Ella voltea y toma las bolsas de compras de las manos de Teddy—. No sabía tu talla, así que si te gusta algo de aquí y no te queda, podemos ir a mi tienda de ropa en la ciudad.

Teddy aún no le ha dicho una palabra a Darius, los dos sólo se miran mal detrás de nuestras espaldas.

Tomo las bolsas de compras que me arroja y miro en su interior.

—Vamos, te mostraré lo que traje. —Lana me guía hacia la habitación—. Veremos si los osos gruñones pueden darse un abrazo de oso y arreglarse.

Le dedico una sonrisa.

—Ya veo en qué lo hiciste allí.

La sonrisa que me devuelve es encantadora.

—Las bromas con osos tienen que ser lo tuyo cuando tu pareja se llama Teddy.

—¡Teddy! —Me río mientras entramos en la habitación y cerramos la puerta—. *Teddy bear*. ¡No sé cómo no me había dado cuenta aún!

—¿Es adorable, no? Y todas las cabañas tienen esta vibra de Ricitos de oro y los tres osos. Me encanta, pero hemos construido algo más grande, así podemos empezar una familia. —Ella pone la mano en su barriga redonda.

—Sí, me enteré. Felicitaciones. —Dejo caer los contenidos de ambas bolsas de compras en la cama—. ¿De cuánto estás?

—Catorce semanas. —Lana organiza la ropa, la desdobla y la mira con un ojo entrecerrado como si estuviera midiendo mi talla—. Gracias. Teddy ya era sobreprotector, pero ahora se volvió loco. Lo siento si no te hizo sentir bienvenida. —Ella arroja tres pares de bragas hacia mí. Los abro y me pongo unas debajo de la camisa larga.

—Ese definitivamente no es el caso. Creo que sólo estaba molestando a Darius para descubrir si eras su pareja destinada. Pero ahora que él sabe que lo eres, te protegerá como familia. *Eres* familia.

Parte de mí quiere rechazar esta cosa de familia instantánea. Tengo una familia, Wren. Y tengo que encontrarla antes de que Thom le haga algo horrible. Pero se siente tan sencillo. Cómodo.

Tan diferente de estar atrapada en la torre de piedra gris de Lockepoint.

Fuera de la cabaña escucho la voz de Darius, pero suena a que habla por teléfono en vez de estar solucionando las cosas con su hermano.

Lana me arroja un par de pantalones de yoga elastizados con pierna ancha.

—Estos pueden quedarte. Pueden servir de pantalones de vestir con unos tacones. Tienen bolsillos profundos. Muy versátiles. Buenos para viajes.

—Vendidos. —Me los pongo. Son de tiro alto con una banda ancha que controlo y le queda bien a mi barriga.

—Lucen mejor con un top corto. Aquí, creo que este te quedará. —Ella me pasa un sostén deportivo color melón brillante con tiras elegantes que se mezclan con un anillo en el centro de la espalda y se extienden hacia afuera como rayos—. Esta es mi línea de sostenes deportivos más cómoda y luego puedes agregarle encima esta camiseta de correr corta. —Ella me pasa un top corto de mangas largas color verde azulado con un cuello ancho y agujeros para los dedos en las mangas.

Todo me queda a la perfección y se siente como si estuviera hecho con la tela y mano de obra de mejor calidad.

—Me encanta eso, gracias.

—Oh, bien. Al menos tienes algo que ponerte hasta que puedas comprar por ti misma. Podemos ir a mi tienda en la ciudad si quieres ver otras cosas.

El sonido de la puerta principal abriéndose y botas pesadas caminando hacia la cabaña interrumpen nuestra conversación.

—Esos deben ser... todos. —Lana me levanta las cejas otra vez con una sonrisa—. Ahora que estás firmemente en la categoría de pareja destinada, toda la familia querrá conocerte.

—Realmente no puedo quedarme. —La ansiedad subyacente por llegar a Wren se vuelve más fuerte. Mi intuición me dice que nos quedamos sin tiempo—. Necesito regresar a la costa este y buscar a mi hermana.

La expresión de Lana se vuelve de preocupación.

—Lo entiendo. Veamos si han descubierto algo acerca de dónde está.

Cuando salimos de la habitación, todos los hermanos de Darius están presentes. Son todos gigantes, no entran en la sala de estar. Axel y Bern sacan las cabezas por la ventana. Un oso, el mismo al que llamaron su «mascota», acecha fuera de la puerta abierta.

Darius extiende su brazo hacia mí y voy a su lado. Ya somos una pareja. Parte de mí quiere resistirse porque parece tan fantástico, tan imposible, pero también realmente apropiado.

Me pone contra él y besa la parte superior de mi cabeza. Mi resistencia se derrite aún más.

—Paloma, has conocido a Matthias, Axel, Canyon, Bern, y a Hutch. Este idiota es mi hermano, Theodore. —Levanta el mentón hacia Teddy—. No se los presentó formalmente ya que Teddy estaba ocupado no haciéndote sentir bienvenida.

—Perdón por eso, Paloma. —Teddy habla con el mismo tono grave que Darius—. Eres más que bienvenida. Eres de la familia, marcada o no.

—Ese de allí es Everest. —Darius me indica el oso.

Saludo con nervios al animal gigante e intento imaginarme cómo se vería en forma humana.

—Paloma está ansiosa por regresar a la costa este para encontrar a su hermana, —comenta Lana.

La miro con agradecimiento. Ella definitivamente me apoya y aprecio eso.

—Sí, ¿te enteraste de algo?

—Por eso los llamé a todos, —dice Darius—. La hemos localizado. El coro está en su último destino en Nueva York. Descubrimos en qué hotel se está quedando y tenemos amigos en camino para sacarla de allí. Deberían estar allí dentro de esta hora. Aunque bloqueen el acceso a internet, Kylie pudo hackear su portátil escolar y unirla a un satélite. Ni bien la abra, las conectaremos por teléfono así puedes explicarle lo que sucede.

Exhalo de forma audible.

—¡Gracias a Dios! Gracias a Dios. —Las lágrimas arden en mis ojos—. Me alegra tanto que la encontraras.

—Nos iremos de inmediato para encontrarnos con ella. Hermanos... —Darius se aleja como si fuera difícil para él pedir ayuda.

—Iremos si nos necesitas, —dice Matthias.

Darius exhala también.

—Gracias. Confío en los lobos, pero preferiría tener a mis hermanos allí.

—Poder de osos. —Bern levanta el puño en el aire.

El teléfono de Darius suena y él lo saca de su bolsillo para mirar la pantalla.

—Aquí estoy. —La rigidez en su voz me dice de qué se trata.

Tomo su muñeca para traer el frente del teléfono más cerca de mí.

Aparece una mujer joven de apenas treinta y algo. Ella no se toma el tiempo de presentarse, sólo habla mientras presiona teclas en el teclado.

—Wren está en línea. La conectaré contigo ahora mismo. La pantalla se vuelve negra y contengo la respiración por un segundo. Dos. Cuatro y cinco. Luego de pronto se ve un video.

Wren mira fijo la pantalla. Luce sorprendida.

—¿Qué es esto? Ah, ¡Paloma! —Su rostro muestra una sonrisa gigante—. ¡Oh por Dios! ¿Cómo nos conectaste? Te extrañé el domingo. ¿Qué sucedió? ¿Dónde has estado?

—Escucha, Wren. No hay tiempo de hablar. Thom quiere matarte.

Odio asustarla así. Pasé años intentando protegerla del mal de Thom, pero tengo que armarla con conocimiento ahora.

—Él asesinó a nuestros padres y me ha estado envenenando por años para hacerme pensar que estaba enferma.

¿Qué? El rostro de Wren no tiene color.

—Ha estado chantajeándome con tu seguridad para hacerme trabajar para él, pero me escapé. Tenemos amigos de camino para sacarte de allí en menos de una hora. Empaca ahora para estar lista cuando lleguen.

Justo entonces, la puerta de Wren se abre de golpe. Wren grita. Yo también.

Hombres vestidos de negro de pies a cabeza que llevan rifles de asalto entran a su habitación de hotel.

—Por favor, ¿dime que esos son tus amigos? —Pregunta Wren con ojos grandes.

Miro a Darius, insegura, pero la respuesta se vuelve evidente cuando Thom entra tranquilo detrás del grupo con un cigarro y llevando algún tipo de batuta.

—Hola, Wren.

Quiero quitarle esa sonrisa engreída del rostro con un golpe.

—Ah, perfecto; aquí está tu hermosa hermana. Y Darius, mi huésped de mala conducta. Justo a quienes esperaba encontrar.

Sus hombres agarran a Wren y la alejan a la fuerza de la pantalla.

—¡Detente! —Grito—. ¡Quítaselos de encima!

—Tranquila, tranquila, —me calma Thom con ironía. Él señala a Wren con la batuta y algún tipo de descarga eléctrica sale de ella.

—¡No! —Grito mientras mi hermana cae al suelo.

—Tranquila, Paloma. No puedes hacer una escena cuando te advertí con claridad lo que sucedería si intentabas escaparte otra vez.

Le grito al teléfono de Darius.

—¡Déjala ir!

Por supuesto, no la dejará ir. No estoy siendo racional. Necesito volver a pensar para poder ganarle a este demente.

Inhalo profundo y vuelvo a hacerlo, pero no hay lugar para dejar entrar más aire. Ah, sí, olvidé exhalar. Exhalo despacio.

Thom se acomoda en la silla de Wren y me observa con una sonrisa de satisfacción.

Lo mataré.

—Ahora, esto es lo que sucederá. Volverás a Lockepoint con tu nuevo amigo Darius o Wren no sobrevivirá la noche.

—Iré, —digo apresurada—. Iré, sólo deja a Darius fuera de esto.

La sonrisa de Darius se agranda.

—No, no, cariño. Ahora Darius es parte de esto. Lo único que le salvará la vida a Wren es que ambos vengan juntos. Los quiero allí a medianoche.

Darius toma el teléfono y lo sostiene delante de su rostro. Sus ojos brillan color ámbar con ira.

—No podemos llegar a medianoche, —gruñe—. Estamos del otro lado del país. Pero podemos llegar a la mañana, seis a.m.

—Eso será demasiado tarde. Thom se ríe, como si disfrutara asesinar a una joven. Probablemente lo hará.

—Cuatro a.m., —negocia Darius—. Es lo mejor que podemos ofrecer. Incluso con un avión privado, el vuelo tomará casi cinco horas.

—Manda tu ubicación para probarme dónde estás.

—¡No! —Ruge Teddy.

Thom, el bastardo enfermizo, sonríe lo suficiente como para mostrar sus dientes. Es asqueroso.

—¿Con quién estás, Darius? ¿Familiares?

Darius gruñe,

—Si quieres a Paloma, tendrás que esperar a las 4 a.m. —Termina la llamada antes de que Thom pueda responder.

—¿Y si no lo hace? —El miedo sube por mi garganta.

—Esperará. Si lastima a Wren pierde todo lo que tiene sobre ti, y eres un bien demasiado valioso para perder.

Teddy gruñe. Sus ojos tienen el mismo color ámbar que los de su hermano.

Miro a mi alrededor y me doy cuenta de que los ojos de todos los ocho hermanos brillan. La habitación entera vibra con gruñidos suaves de osos.

—Vamos. —Matthias se pone de pie.

—¿Qué? —Le pregunto. Estoy temblando, sigo sorprendida por ver a Thom darle una descarga a Wren—. ¿Adónde vas?

—Te ayudaremos, —dice Teddy. Su voz es grave y gruesa, más de oso que de humano.

Me froto el rostro. Tengo que pensar, analizar qué hacer con Wren, pero mis pensamientos están alborotados. Darius pone una mano en mi espalda y el peso me estabiliza.

—No puedo... no puedo pedirles eso. Sé que dijeron que ayudarían a buscar a Wren, pero ahora se enfrentarán con Thom y todos sus guardias. Será peligroso.

—Nos encanta el peligro, —dicen los trillizos a coro.

—Estás con Darius, —dice Matthias—. Eso te hace familia.

No sé qué decir. Sólo puedo mirarlos a todos, la emoción me tapa la garganta.

El oso grande asoma la cabeza por la puerta y gruñe.

Sería aterrador, pero sé que es el hermano de Darius y la expresión de su cara peluda es tan honesta.

—Dice «no te preocupes», —interpreta Axel.

Tengo la enorme necesidad de acariciarle la cabeza al oso, pero no estoy segura de si eso es educado. Así que asiento, limpiándome las lágrimas furiosas.

—Iremos a traer a Wren de regreso, —dice Darius. Él me envuelve con sus brazos poderoso y me dejo hundirme en su abrazo.

—Eso es, —dice Hutch mientras los hermanos de Darius me rodean, ofreciéndome su consuelo—. Están a punto de descubrir que no te metes con los osos.

Capítulo once

P*aloma*

Mi estómago estuvo anudado todo el vuelo de regreso al este. Darius me dejó usar su portátil en el vuelo y la utilicé para preparar mi propia presión sobre Thom.

Ahora, mientras volamos la corta distancia desde la ciudad de Nueva York a Lockepoint, soy un completo desastre. Es horrible volver después de intentar escapar por tantos años, pero incluso más horrible es imaginarme todas las cosas cobardes que Thom puede hacerle a Wren si no llegamos a tiempo.

Pestañeo para contener las lágrimas. *No, no puedo pensar en eso.*

Darius me aprieta la mano. Estamos en la parte de atrás de un avión militar reutilizado. Matthias se sienta en el lado opuesto a mí y revisa el botiquín de primeros auxilios.

La unidad de intercomunicación suena con el anuncio del piloto. El sonido es fuerte pero no se entiende.

—Estamos llegando a Lockepoint ahora, —interpreta Teddy. Está sentado a unos metros de Darius, junto a sus amigos exmilitares de Taos. Ellos también son transformistas. Estaban en un equipo de operaciones especiales con transformistas de los militares, pero ahora tienen una empresa de seguridad privada.

—¿Es extraño estar aquí atrás con nosotros en vez de volando esta cosa? —le pregunta el tipo de Taos a Teddy.

Teddy se encoje de hombros.

—Buddy vuela bien. Lo entrené yo mismo.

Miro de Teddy a Darius. No creo que hayan tenido tiempo de solucionar su desacuerdo. Sólo acordaron dejarlo a un lado para ayudarme a rescatar a Wren.

Todos los hermanos Osos Malvados están en esta misión. Cinco de ellos vuelan helicópteros mientras que Darius, Teddy y Matthias están conmigo. Los compañeros de fuerzas especiales de Teddy también están aquí, los que operan como Seguridad de Lobos Black fuera de Taos. Ellos trajeron el avión.

—¿Cómo conseguiste todo este equipamiento? —Señalo alrededor del avión. Un bote elegante hecho de metal gris ocupa casi todo el espacio.

—Amigos en lugares altos, —dice Darius.

—Más bien amigos en lugares bajos. —El tipo de Taos se inclina para sonreírme. Noté que es algo seductor. Creo que se llama Lance. Sus dientes blancos brillan en su rostro pintado de camuflaje.

Teddy, Matthias, Darius y yo no tenemos pintura de guerra, sólo equipamiento de combate militar. Llevo un chaleco antibalas que es de plomo pesado sobre mis hombros. Una necesidad ya que soy la única no transformista aquí. Los cuatro tipos de Seguridad Lobo Black tienen equipos de alta tecnología que les permitirán darle a un objetivo duro y rápido en la oscuridad.

Hace un par de días, no sabía que los transformistas

existían. Ahora lo están arriesgando todo para ayudarme a rescatar a Wren. Es asombroso. He pasado de estar encerrada en una torre y ser usada por mis dones a estar rodeada por nuevos amigos a quienes no les importa o no saben que tengo una intuición extraña que resulta en inversiones de bolsa redituables.

El líder de seguridad lobo Black, un tipo alto, de cabello oscuro llamado Rafe, marcha alrededor del bote hasta pararse frente a nosotros. Tiene una presencia calma y concentrada que me inspira confianza. Se parece mucho a Matthias.

—Estamos listos. Bajaremos el bote. Luego ustedes cuatro —me señala a mí, a Darius, a Matthias y a Teddy— irán en paracaídas para alcanzarlo. Buddy dejará caer al resto de nosotros más cerca de la playa. Haremos un hoyo y los cubriremos para que puedan dirigirse a la mansión.

Intento imaginar cada uno de estos pasos, pero todo lo que veo es una mezcla de cada película de acción que he visto.

—¿Entendido? —Rafe termina con la explicación. Tengo la sensación de que repite el plan para los civiles. Mi boca está seca, pero asiento.

Teddy se levanta, toma tres paquetes de paracaidismo, y ayuda a que Matthias y Darius se pongan los suyos.

—Paloma, tú irás con Darius.

Mi corazón intenta salirse de mi pecho, pero me paro para que Darius pueda unirse a mí. Mis latidos salvajes se calman cuando me inclino contra él y me baño en su calor.

—Ustedes tortolitos, diviértanse, —dice Lance.

Darius gruñe, pero levanto una mano y le muestro el dedo a Lance.

Matthias se ríe. Uno de los lobos Black se ríe más fuerte. Lance pone una mano sobre su corazón y finge estar herido.

Rafe niega con la cabeza.

—Para que aprendas, hermano. —A mí me dice—. Bienvenida al equipo.

Suena una alarma y casi salto del susto. Me agarro de los bolsillos de la chaqueta antibalas de Darius. Estamos cara a cara y nunca me sentí tan agradecida por este cuerpo enorme de vikingo.

—Te tengo, princesita, —murmura—. Quiero decir, princesa guerrera. —Él inclina la cabeza para poder rozar sus labios contra los míos.

—Awww, —dicen a coro Lance y otro hermano del equipo lobo Black—. ¡Beso para la cámara!

Tanto Darius como yo les mostramos el dedo sin siquiera dejar de besarnos. Él sonríe contra mi boca y junto el aliento para reírme. No tenía idea de que los miembros de un equipo de operaciones especiales pudieran ser tan chistosos.

Luego Rafe da una señal y la parte de atrás del avión se abre. El viento aúlla a unos metros de Darius y yo. La adrenalina me recorre. Me pongo un par de gafas de visión nocturna y las aseguro.

Darius se aferra más a mí.

Rafe levanta el pulgar. Se detona un mecanismo que lanza un paracaídas grisáceo-blanco. Sale volando primero, un círculo brillante en una noche oscura. El bote lo sigue.

Rafe y el resto de su equipo caminan hacia el centro del avión. Se han agarrado a tiras para acercarse a la apertura sin salir volando.

Teddy camina a su lado y, sin dudarlo, salta hacia la noche. Al principio sus piernas parecen volar hacia arriba y luego está cayendo detrás del bote.

Matthias guarda sus gafas en el bolsillo, lo cierra y pasea

hasta el borde del avión. Se deja caer, extremidades totalmente abiertas hacia el viento fuerte.

Ahora es el turno de Darius y el mío. Mi estómago se da vuelta mientras nos acercamos a la boca oscura de aire helado.

—Hagamos esto, —grito. Y luego el viento me roba el aliento de la boca.

Darius y yo caemos, vamos hacia el océano turbulento. Apenas puedo abrir los ojos contra el aire helado que pasa a toda velocidad.

Hay un tirón cuando Darius activa el paracaídas. Me sostengo de él y pestañeo rápido para aclarar mis ojos llorosos mientras flotamos con más gentileza hacia abajo. El avión ruge encima y se dirige hacia un espacio de arena distante.

Más allá de la playa, la mansión Lockepoint brilla. Todas las ventanas de todos los pisos están iluminadas. Está hermosa y patéticamente descuidada.

El desastre de Thom será su caída.

El avión vuela bajo. Contra las luces brillantes de Lockepoint, puedo ver cuatro formas oscuras que saltan de su barriga. Cada uno golpea el agua con una pequeña salpicadura.

—No tienen paracaídas. —Respiro profundo.

—No los necesitan. Son transformistas. Pueden caer en el agua y sobrevivir, —murmura Darius—. Se ocuparán de la playa y crearán un camino para que usemos el bote.

El viento mueve mi cabello sobre mi rostro. Flotamos más cerca del agua. Me preparo para chocar contra ella. A algunos de nosotros no nos gusta nadar en noviembre.

Miro hacia abajo.

—Mira. —Tiro del chaleco de Darius para que preste atención.

Debajo de nosotros, Teddy y Matthias han entrado al bote. Teddy está en los controles, lo conduce hacia nosotros.

—El momento perfecto.

Darius mueve algún mecanismo en su paracaídas y deja que nos deslicemos un poco a la derecha. Teddy mueve el bote debajo nuestro. Matthias se pone de pie, listo para agarrarnos. Tanto él como Teddy están empapados.

—Esperen. —Darius suelta el paracaídas y caemos una distancia corta. Rechino los dientes para evitar gritar.

Los pies de Darius chocan con el casco de metal haciendo ruido. De algún modo, mantiene el equilibrio mientras el bote se balancea sobre el agua agitada. Esa debe ser otra ventaja de ser transformista.

Darius me desata y me revisa mientras Teddy apunta el bote hacia la orilla. Me tiemblan las piernas como gelatina, pero tomo a Darius y me sostengo derecha.

Lo próximo que sucede es que Darius me acerca a él y me baja al suelo del bote, donde puede ponerse encima de mí y cubrirme con su cuerpo. Me suenan los oídos, hay un crack, crack, crack a la distancia y un *rat-a-tat-tat* de la ametralladora que responde.

—Están atacando la playa. —Teddy ralentiza el bote y el viento cesa.

—¿Deberíamos ayudarlos? —Pregunto desde mi posición apretada debajo de Darius.

—Nah, están bien. Esperen la señal.

Golpeo a Darius en el brazo.

—Puedes dejar que me pare.

—Lleva un chaleco antibalas, —dice Matthias—. ¿Recuerdas?

—Perdón. —Darius me ayuda a pararme. Sus ojos brillan fuertemente—. Protegerte es mi prioridad número uno.

—Aquí. —Matthias le pasa un casco color negro matte. Darius me ayuda a ponérmelo. Acordé ponerme este casco porque es antibalas, pero debe ser de última tecnología. La cara de vidrio me da visión nocturna. El mundo brilla de color verde y puedo ver las formas amarillas-blancas del calor del equipo a la distancia. Miro con fascinación cuando suben las dunas, cada uno desciende sobre un guardia de la casa. Son bombas suaves que suben y bajan por la arena mientras disparan y luego se mueven a toda velocidad para acabar con los guardias que sobreviven la explosión de la caseta de vigilancia.

—Tenemos que acercarnos más, así estaremos listos, —dice Matthias. A través del casco, el sonido de sus voces se amplifica mientras que el de los disparos se acalla.

—Entendido. —Teddy nos acerca más—. Sólo esperen.

—¿Esperar qué? —Mi propia voz hace eco en el casco, pero los gemelos me escuchan bien. En la montaña, Hutch me dijo que los transformistas tienen una mejor escucha y que pueden ver en la oscuridad. Comienzo a entender por qué operaciones especiales sería una elección natural de carrera para los transformistas.

—Esperen la distracción, —dice Teddy.

Se escucha un silbido fuerte y explotan los fuegos artificiales en el ciclo detrás de Lockepoint.

—Allí está. —Matthias sonríe—. Cortesía de un par de amigos de Arizona. Los escondieron en el camino.

Explotan más fuegos artificiales que bañan el cielo de los colores del arcoíris.

Dos helicópteros aparecen del este al oeste. Vuelan hacia la casa desde direcciones opuestas y frenan para mantenerse encima de los frontones. Una soga baja de cada nave, y dos figuras oscuras se mueven hasta bajar al techo.

No puedo estar segura, pero creo que uno de ellos lleva falda escocesa.

—Axel y Canyon, —murmura Darius.

Uno de los helicópteros se inclina hacia un lado y una forma gigante salta hasta el techo empinado de mi antigua habitación en la torre. Se levanta en sus patas traseras y mueve una pata en dirección a los pilotos de helicóptero mientras ellos de alejan.

—¿Ese es...?

—Sí, ese es Everest, —me dice Matthias—. Es la última etapa del ataque aéreo.

El oso se pone en cuatro patas y deja salir un rugido con eco.

Teddy está ocupado conduciendo.

—Agárrense, —gruñe. El bote se desliza por el agua, apuntando derecho hacia la playa.

Cada músculo en mí se tensa, espera un choque cuando el bote llega a la orilla. Pero Darius me toma, se agacha y salta, justo cuando el bote alcanza la playa.

Él y Matthias aterrizan lado a lado. De inmediato, dos figuras vestidas de negro, con su calor corporal que los vuelve de un dorado brillante a través de mi casco, nos rodean. Son Lance y Rafe.

—Vamos, —dice Rafe. Él y Lance sostienen armas y se mueven bajo para cubrirnos mientras corremos por la playa. Dejo que Darius me mueva en sus brazos. Puede correr más rápido que yo y necesitamos llegar a Wren.

En segundos, estamos junto a las puertas. Matthias las baja de una patada y Rafe y Lance entran primero, moviendo las armas para revisar el área circundante.

—Despejado, —gritan y corren. Nos movemos por la casa, con Rafe y Lance despejando cada habitación antes de que Darius, Matthias y yo entremos.

El lugar está tenebrosamente silencioso. Los visores con luces de las armas recorren los pisos de mármol. Las pinturas invaluables de las paredes son testigos silenciosos de nuestra invasión.

—Ala este, —digo—. Thom tendrá a Wren allí, en la habitación del pánico. Habrá mucha seguridad.

—Ya no, —dice alguien. Canyon entra desde una esquina, se detiene cuando ve los visores de las armas puestos sobre su pecho descubierto—. Destruimos el techo, matamos a unas decenas de tipos a la vez. Everest tiró a un grupo de ellos por las ventanas. ¿Cuál es la palabra para eso?

—Defenestró. —Axel aparece detrás de Canyon. Está comiendo lo que parece ser una manzana—. El camino al ala este está despejado.

—Vamos. —Doy un paso adelante—. Por aquí.

Darius y sus hermanos todos se ponen a mi alrededor.

—La sala segura está en los niveles más bajos. Habrá más guardias allí abajo.

—Nos encargaremos de ellos, —murmura Matthias, sus ojos brillan con una luz azul espeluznante—. Es hora de mostrarles qué tan malvados pueden ser nuestros osos.

Capítulo doce

Darius

Pasamos por el pasillo. Intento quedarme un paso adelante de Paloma para poder recibir una bala por ella, pero ella nos está guiando.

Detrás de mí se escucha plástico que cruje. Axel terminó su manzana y se está comiendo otra cosa. Patatas de maíz, por el olor.

—¿Cómo puedes comer en un momento así? —Le pregunta Lance.

Axel se encoje de hombros.

—Él siempre tiene bocadillos. —¿Me trajiste algo?

—Nop. —Axel inclina la bolsa hacia abajo para dejar caer las últimas migajas en su boca.

—Concéntrense, —ordena Matthias. Me alegra que esté con nosotros. Es una de las pocas personas, además de nuestra madre, que puede mantener a Axel y a los trillizos ordenados.

Tengo cosas más importantes de las que preocuparme.

Lo puedo sentir a él. A mi oso. Está intentando salir explotado de mi piel.

Ahora no, le digo.

Pareja. El oso muestra una imagen mía en forma de oso sosteniendo a Paloma. *Mantenerla a salvo*.

Lo soy. Rechino los dientes y lo obligo a rendirse. Lo último que necesito ahora mismo es perder el control de mi oso. Necesito tener la mente en frío.

Hemos llegado al pasillo en donde Axel y Canyon se cargaron a un montón de guardias. Hay cuerpos en todas partes. La sangre mancha la pared donde los arrojaron. Huellas sangrientas suben por las escaleras. Everest estuvo aquí.

—Por aquí abajo, —nos dice Paloma. Ella se queda atrás y deja que Rafe y Lance nos guíen por la primera parte de la escalera—. La habitación segura más grande está en el nivel subterráneo.

Con cada paso que damos, la tensión crece.

Llegamos a una habitación cerrada con un teclado numérico negro y un sensor utilizado para escanear huellas digitales.

—Déjenme probar. —Paloma da un paso al frente y pone la mano sobre él, pero brilla en rojo.

—Plan B, —dice Rafe. Golpea la pared y arranca el teclado numérico por completo. Las barras de metal bajan, pero nos apresuramos a tomarlas. Todos menos Paloma se unen. Lleva toda nuestra fuerza, pero torcemos el metal y hacemos un agujero para poder salir del marco completo de acero de la puerta.

El pasillo que le sigue está oscuro, excepto por unas luces naranjas brillantes.

—Ser sigiloso no tiene sentido. Saben que estamos aquí, —grita Rafe. Él y Lance se apresuran a la próxima prueba. Matthias y yo seguimos, a cada lado de Paloma. Axel y Canyon toman la retaguardia.

Tenemos a Paloma en el medio para protegerla. Una pared de transformistas para soportar lo más fuerte del ataque.

Es bueno que así sea porque tres segundos después nos encontramos con más guardias.

* * *

P aloma
Suenan disparos y alguien ruge adolorido. En un segundo estoy presionada contra la pared, cubierta por Darius. Miro más allá de su brazo.

El casco vuelve al pasillo de un color verde espeluznante. Las formas doradas se mueven aquí y allá. Lance y Rafe se agachan para volver a disparar. Los hermanos hombres-oso corren para encargarse de los que disparan.

Justo miro hacia atrás por donde vinimos.

—Cuidado, —grito. Otra ola de guardias llega desde las escaleras.

Axel y Canyon voltean y hay redes que salen disparadas. Caen sobre los hombres-oso más jóvenes, la tela brilla bajo las luces brillantes. Canyon grita, se retuerce.

Darius maldice.

—Ve. — Lo empujo. Desearía tener un arma para poder ayudar. Pero me agacho para crear un objetivo más pequeño y Darius corre hacia la batalla.

Por un momento no hay nada más que disparos, gritos y rugidos. Gateo sobre mis manos y rodillas hacia el hombre-oso más cercano, Axel. La red es inusualmente pesada, como una red de pescar hecha de metal, pero logro levantar una esquina. Él jadea y se retuerce debajo de ella. Ambos gateamos para liberar a Canyon. Él grita mientras arrastramos la red para sacársela de encima, y queda tirado allí, temblando. Las luces brillan y revelan su torso desnudo. Está marcado con líneas rojas que se entrecruzan, como si lo hubieran quemado.

—¿Qué sucedió? —Le pregunto a Axel.

—Plata, —responde. Su propio rostro tiene marcas rojas en donde la red cayó sobre su piel desnuda—. La red es veneno para transformistas.

Mi sangre se vuelve helada. Los guardias nuevos tienen armas que lastiman transformistas.

—Pero... eso significa...

Las luces se apagan por completo. Estoy a ciegas por un segundo hasta que mi casco se ajusta.

Darius, Matthias, Rafe y Lance están parados encima de cuerpos apilados a cada lado.

—Saben lo que somos, —jadea Rafe—. Y saben cómo vencernos.

—No, —murmuro. Esto es una pesadilla. Estos transformistas están arriesgándolo todo para ayudarme, y ahora sus vidas también están en peligro.

Una unidad de intercomunicadores suena. Rafe y Lance llevan los dedos a sus auriculares al mismo tiempo.

—Informe de afuera. Han llegado más tropas de Thompson, —dice Lance—. Deke y Channing están a la espera.

—Diles que tienen redes de plata, —dice Matthias. Está agachado junto a Canyon y Axel y revisa sus heridas.

—Estaré bien, —se queja Canyon. Su cuerpo está entrecruzado con marcas rojas. Sufrió lo peor porque no llevaba camisa. Axel sólo tiene marcas en los brazos y en el rostro. Matthias y Axel levantan a Canyon entre ellos.

—No tienes tiempo para esto. Canyon aleja a Matthias. Se apoya en Axel y ambos caminan con dificultad pero se quedan de pie.

—Tenemos que seguir hasta llegar a Wren, —dice Axel. Sus ojos brillan de color verde.

—No, estás herido. Forma de oso, ahora, —ordena Matthias—. Te sanarás más rápido.

—Pero, —protesta Canyon.

—Ahora, —gruñe Matthias. Su voz es estridente y rebota como si estuviera en un anfiteatro. La piel de gallina aparece en mis brazos.

Canyon y Axel responden a la orden de Matthias. Se ponen en cuatro patas con las espaldas encorvadas. Un segundo después, están en forma de oso.

—Ve, —ordena Matthias—. Busca a Everest y sal de la forma que puedas. Espera hasta que se vayan para dirigirse a Rafe y Lance. Ustedes también tienen que irse. Cubran a mis hermanos y luego refuercen sus equipos.

—¿Estás seguro? —Pregunta Rafe.

—Lo tenemos, —concuerda Darius. Él voltea y lo sigo, me tropiezo sobre la red caída. Él me ayuda a equilibrarme. Matthias toma la retaguardia. Rafe y Lance han desaparecido.

Llegamos a la puerta que parece de bóveda al final del pasillo. La habitación segura. No hay más guardias, pero tampoco forma de entrar.

Esta última parte depende de mí.

Me quito el casco. El aire frío golpea contra mis sienes sudorosas.

—Thom, —grito—. Querías que regresara. Estoy aquí.

Capítulo trece

aloma

No sucede nada. Thom no responde a mi desafío. Se me hunde el corazón.

Darius y Matthias dan un paso al frente.

—Podemos intentar entrar.

—No, —respondo—. Todo el cuarto está hecho de acero.

Matthias levanta una mano. Sus uñas se han vuelto garras de oso.

—Podemos intentar. —Su voz es gruesa, como si sus cuerdas vocales hubieran empezado a cambiar.

—Tiene a Wren. —Niego con la cabeza—. Si intentamos algo, la lastimará. Pero a quien realmente quiere es a mí.

Hay un sonido sibilante y doy un paso atrás automáticamente. La puerta de la bóveda se abre de a poco y revela a Thom. Tiene a mi hermana apoyada contra él. Sus ojos están cerrados.

Sostiene una aguja con un líquido claro en su garganta.

—Llegas tarde, —me informa.

Levanto las manos para mostrarle que no estoy armada.

—No la quieres a ella. Me quieres a mí. —Doy un paso al frente.

—*Paloma.* —Darius se para delante de mí.

Un hombre enorme sale de las sombras detrás de Thom. Sostiene un arma con una forma extraña y un barril gigante. Dispara dos veces seguidas.

Me estremezco, pero Darius recibe el impacto. Cae, cubriéndome a medias. Me balanceo debajo de su peso y ambos caemos al suelo.

A un par de metros, Matthias choca contra la pared. Tira de su hombro, que está ensangrentado. Le han dado. Se queja y se desliza por la pared, dejando una mancha sangrienta. Su cabeza cae hacia atrás y sus ojos se cierran.

Darius gruñe y se sale de encima mío. Su costado está ensangrentado pero sigue siendo capaz de moverse. La bala lo debe haber rozado.

Lucho por salir de abajo de él. Se sostiene con las manos en el suelo y las venas en su rostro sobresalen.

—Aléjate... —me dice. Sus ojos son piscinas de fuego. Sus dientes se elongan, crecen hasta no caber en su mandíbula. Su oso está a punto de liberarse.

Me esfuerzo por ir hacia atrás, justo a tiempo de liberar espacio para que el secuaz de Thom use la red de plata.

Darius ruge con el volumen suficiente como para dejarme sorda. Está atrapado bajo la red, su cuerpo se retuerce. Sus huesos sobresalen y crujen mientras su oso lucha con él.

El secuaz de Thom levanta el arma.

—¡No! —Me abalanzo y me pongo frente al barril—. No los lastimes. —Me aseguro de mantener mi cuerpo entre Darius y la escopeta, y enfrento a Thom—. Me quieres a mí. Tómame. Sólo no los lastimes.

—Tiene razón. Ella es el dinero. Tómala, —le dice Thom al hombre gigante.

El hombre camina hacia adelante y se mueve con la agilidad de un depredador que noté en otros transformistas. Sus ojos son totalmente negros. Como el demonio de una pesadilla.

Thom se aleja de Wren. Ella cae al suelo, su cabeza se tambalea.

—Wren, —grito. El tipo grande me agarra. Me retuerzo, intento liberarme de él, pero bien podría ser unas cadenas de hierro. Su mano es tan grande que envuelve mi brazo.

Thom está en el fondo de la habitación segura, ingresando un código en el teclado numérico.

—¿Qué le sucede a mi hermana? —Le gruño—. ¿Qué le hiciste?

—Te lo dije, llegaste demasiado tarde, —dice. El teclado numérico hace un ruido y una puerta se abre, lleva a un túnel con olor a moho—. Ya la inyecté. Pero tristemente no podremos quedarnos a verla morir.

—No, —grito. Debajo de la red, Darius ruge. Thom se mete en el túnel de escape y le hace una seña a su secuaz de que lo siga. Planto los pies pero estoy indefensa mientras el bruto me arrastra.

* * *

Darius

Estoy atrapado. Toda mi fuerza irá a luchar con el oso. Mi columna cruje mientras él intenta tomar el control. La herida a mi lado no ayuda. La bala sólo me rozó, pero era de plata. Estoy sangrando y el veneno de plata hace que mi oso se vuelva salvaje. Estoy perdiendo el control.

Sólo puedo mirar cómo Thom y su guardia, algún tipo de transformista, arrastran a Paloma por una segunda puerta blindada. Se cierra y sisea mientras se traba. Me quedo solo con mi hermano caído y la hermana de Paloma.

No. Búscala ahora, lucha mi oso. Si me transformo ahora, la plata quemará cada parte del cuerpo de mi oso. Tengo que mantenerlo abajo.

Matthias se queja a mi lado. Le dieron con una bala de plata. Me doy cuenta por su debilidad extrema que sigue dentro de él. Necesito liberarme de la red para poder ayudarlo.

—¿Matthias? ¿Darius? —Ruge Teddy desde el otro extremo del pasillo. Viene corriendo hacia nosotros y sostiene una ametralladora en la mano. Lleva el traje negro de material especial que viste el equipo de operaciones especiales de transformistas en sus misiones. Se amolda a sus cuerpos incluso cuando se transforman. La sangre mancha su rostro y barba. La pelea en la playa debe haber sido intensa.

—Aquí, —grito.

Se detiene para quitarle el chaleco antibalas a un guardia caído y envuelve sus manos para protegerlas antes de tomar la red de plata y sacármela de encima. Me levanto, ahogado por la adrenalina, y él gira para agacharse junto a Matthias.

—¿Qué sucedió? —Pregunta Teddy.

—Los guardaespaldas de Thom le dispararon a Matthias. Se llevaron a Paloma.

Aprieto los puños y me contengo contra el oso. Mis uñas se han vuelto garras y me destrozan las palmas.

Déjame SALIR, gruñe el oso.

Nunca, respondo.

Teddy frunce el ceño cuando me mira, pero gira para

apoyar a Matthias contra la pared. Está vivo, sus caninos se elongan cuando su oso lucha con el veneno.

—Hombro, —jadea Matthias—. Bala de plata.

Teddy levanta la mano, sus uñas se elongan a garras. Rasguña el hombro de Matthias. Matthias ruge lo suficientemente fuerte como para hacer temblar las paredes mientras Teddy saca la bala.

Gano la pelea contra mi oso y me levanto para acercarme a Wren. Está tirada en el suelo con los ojos cerrados y el rostro pálido. Le pongo una mano en la garganta y siento su pulso.

Está allí pero es débil.

—No, —jadeo—. No... —Le he fallado a Paloma.

Le he fallado a Wren. He fallado en todo.

Teddy ayuda a Matthias a levantarse. Matthias camina con dificultad hacia mí.

—Es demasiado tarde, —digo—. La inyectó... como dijo que lo haría.

—Levántala. —Matthias se arrodilla a mi lado. Su hombro es un maldito desastre, pero luce decidido. Abre su chaleco y saca un estuche de tela envuelto con cuidado que contiene unos frascos. Sostiene uno y prepara una jeringa—. Enderézala.

Teddy reacciona primero, se arrodilla y con cuidado pasa una mano debajo de Wren para poder sentarla.

Le sostengo la cabeza.

—Está bien, Wren. Somos amigos de Paloma.

Ella murmura algo, pero no abre los ojos. Se parece tanto a Paloma, con la misma forma de cara de corazón y el cabello oscuro. Es más delgada y de huesos pequeños, como un reyezuelo. Su peso es tan liviano como unas plumas.

—Extiende su brazo, —ordena Matthias. Está totalmente en modo doctor. O quizás en modo alfa. Ciertamente usó el comando alfa cuando les habló a Axel y a Canyon. Limpia el brazo de Wren con un antiséptico. Su extremidad parece pequeña y frágil a comparación de su gran mano—. Wren, escúchame. —Su voz es grave y tranquilizante—. Estarás bien. Tengo el antídoto. —Él prepara una jeringa y revisa que no haya burbujas de aire.

—¿Qué es eso? —Le pregunto. El líquido es claro, pero mi vista de transformista detecta un pequeño tinte rosa.

—Un cóctel especial que creé yo mismo. Incluye una cura para todo donada por un vampiro amigo.

La sangre de vampiro puede curar a los humanos.

Miro cómo Matthias inyecta la sangre e inclina la cabeza sobre Wren. Hasta mi oso está callado, esperando que funcione.

El silencio mortal se quiebra por su grito agudo.

—Su corazón late con más fuerza. —Matthias se levanta y envuelve su equipo de medicina—. Pero tenemos que sacarla de aquí.

Me levanto con Wren en mis brazos.

—Tengo que buscar a Paloma.

Teddy voltea.

—Entonces esta puerta tiene que irse. —Sus ojos brillan y él destruye la pared junto a la puerta blindada. Tira pedazos de losa y choca contra una pared de piedra. Eso no evita que intente mover las piedras, rasguñando alrededor de la puerta de hierro para que salte.

—Yo la llevo. —Matthias estira los brazos. Apoyo a Wren con cuidado en ellos y él la sostiene contra su hombro no herido.

Volteo y ayudo a Teddy a rasguñar la pared. Su cuerpo crece, los músculos se hinchan en la medida del oso cubierto de pelaje. Con el poder de su oso, arranca la puerta de la pared.

Mi gemelo me enfrenta como oso. *Ve*, parece decir. *Ve a buscar a tu pareja.*

—Mantén a Wren a salvo. —Le toco el hombro antes de salir corriendo por el túnel oscuro.

Puedo escuchar a Teddy voltear para seguir a Matthias. Ellos sacarán a Wren de aquí. Confío en ellos.

Estoy a mitad de camino por el túnel cuando siento el aroma de Paloma.

Y luego tengo que sostenerme de la pared cubierta de moho para evitar que mi oso explote.

Déjame salir. Ahora es mi turno, demanda mi oso.

—No. —Rechino los colmillos y casi caigo de rodillas—. No. *¡Estamos perdiendo tiempo!*

El aire fresco flota hacia mí. Estoy casi al final del túnel. Lucho con el oso a cada paso, mi columna está encorvada y los músculos me duelen. Salgo doblado.

Las fuerzas de Thom me están esperando. Una avalancha de dardos choca contra mi cuerpo. Me saco uno, gruñendo, y la punta de plata me quema los dedos. La arrojo a un costado y me sacudo el resto de los dardos, pero tengo el torrente sanguíneo prendido fuego. Doy un paso y una ola de debilidad me posee. Mis extremidades se vuelven de plomo y me tambaleo.

Una red de plata me tira al suelo y el veneno en mis venas me arrastra a la oscuridad.

Capítulo catorce

Darius

Nado en un mar de dolor. Se escuchan gritos a la distancia, luego escucho el ruido de barrotes que se cierran.

Me despierto con una mano suave que se cierra alrededor de la mía. Me sacudo y Paloma me calla. —Shhh, Darius. Estoy aquí.

—¿Princesa? —Abro un poco los ojos, pero el mundo está borroso. Me duele la cabeza como si alguien me hubiera golpeado con un martillo.

—Ay, gracias a Dios estás despierto. —El cabello suave de Paloma cae sobre mi mejilla y volteo la cabeza para sentir su aroma dulce.

Me quema la piel en donde la red me tocó, pero el dolor no es nada comparado con el fuego que arde en mi interior. Lo que sea que tuvieran esos dardos era veneno. Me siento realmente débil.

—¿Dónde...?

—Nos trajeron a algún lugar. Escuché a uno de los guardias decir que estamos en una propiedad privada, pero no sé dónde. Me drogaron. Nos drogaron a ambos. —Su respiración se entrecorta. Ha estado llorando.

Quiero levantar una mano para reconfortarla, pero no puedo alzarla más que unos centímetros. Ella la toma y la sostiene con ambas manos.

Hay algo importante que debo decirle. Busco en la niebla para encontrarlo.

—Wren, —balbuceo.

—Lo sé, —la voz de Paloma se quiebra con llanto—. Thom la envenenó. Todavía puedo sentirla, pero debe estar muerta...

—No. Matthias. Medicina. —Mis labios se sienten pesados, pero me obligo a darles forma a las palabras—. Ella... viva.

—Ay, Dios mío, —grita Paloma—. Ay, gracias. —Presiona mi mano sobre su rostro. Siento la lluvia de sus lágrimas.

—Está bien.

Saldremos de esto. Lo prometo.

—No estaría tan seguro de eso, —nos interrumpe alguien. Un aroma fuerte a clavo de olor me invade. El retumbe pesado de botas acerca más el olor—. Denle otra dosis de tranquilizante. Está despierto.

—Basta, —dice Paloma—. ¿Qué estás haciendo? —Ella deja caer mi mano y siento que se para, defendiéndome—. ¡Déjalo en paz!

Mi corazón resuena mientras mi oso vocifera su ira. Se escucha un soplido y otro dardo pincha mi pecho.

—Es sólo una droga para que duerma, —dice el tipo con voz rasposa—. Una mezcla especial para transformistas. Le quemará pero no tiene plata para matarlo.

Escucho que Paloma lucha y mi oso sale a la superficie,

saltando hacia arriba. Pero el dardo cumplió su función y dejó el tranquilizante en mí. Me estoy desvaneciendo.

Una mano pesada aterriza sobre mi pecho y me empuja hacia abajo con una facilidad irrisoria. Me ahogo con el aroma a clavos de olor.

—Descansa, hombre oso. Te usaremos más tarde.

* * *

Paloma
Miro cómo el cuerpo de Darius queda inerte. El tipo parado encima de él debe ser alguna especie de transformista. Es gigante, con cicatrices en el rostro. Lentes de sol grandes y oscuros esconden sus ojos de demonio.

Apoya el arco que usó para dispararle a Darius y me enfrenta.

—El Sr. Thompson quiere verla.

Cruzo los brazos sobre mi pecho.

—Si crees que haré lo que sea que él diga, puedes volver a considerarlo. —Ahora que sé con seguridad que Wren está viva, todas mis emociones se han transformado en ira.

—Como gustes, —se encoje de hombros—. No soy el que tiene un niño oso cuya vida está en peligro.

—¿Qué le harás? —Pregunto, en caso de que alardee y me dé más información. No sé mucho acerca de nuestra situación. Los hombres de Thom me dieron un tranquilizante para dormirme. Me levanté aquí, en este hangar frío con piso de concreto, recostada en una mesa de examen médico junto a Darius. Él está sujeto con esposas de plata, pero me dejan moverme a mí con libertad. Por ahora.

El guardia grande no responde. La puerta al otro lado

del espacio amplio se abre de golpe y Thom entra apresurado, seguido por su grupo de guardias.

—Paloma, —grita con su voz aguda—. ¿Qué has hecho?

Me muevo para estar parada entre él y Darius. Thom camina hacia mí. Se supone que sea intimidante con su rostro enojado y sus guardias armados. Pero no siento miedo, nada más que odio. Este tipo me tuvo cautiva a mí y a mi hermana. Intentó asesinarla y casi tiene éxito. Hizo que sus tropas intentaran matar a mis amigos.

Se merece lo que está por llegarle y más.

—Tú niña traviesa, —dice. Su piel normalmente pálida se vuelve un rojo poco sano—. ¡Cómo te atreves a ir contra mi fondo!

Sé por qué está tan molesto. Descubrió las transacciones que hice en el vuelo hasta aquí. Pasé todo el tiempo haciendo movimientos que aseguraran la ruina de Thompson Capital. Sé con exactitud cuáles son los activos de Thompson y cómo ir por ellos.

—¿Cuál es el problema, Thom? —Lo provoco—. ¿Alguien mejoró las ganancias de las empresas a las que les dabas menos? Después de que se aprueben un montón de esas transacciones, terminarás... digamos... *con poco.*

—Tú, perra.

—Ten cuidado. —Me miro las uñas—. Te provocarás otro infarto. Sólo son unos cientos de billones.

—Encontrarás la forma de volver a ganarlos. Cada centavo. De lo contrario...

—¿De lo contrario qué? ¿Matarás a otra niña inocente? Ya me cansé de tus amenazas. Puedes matarme. Pero luego esto habrá terminado. No tendrás nada. No serás nada. Porque eso es lo que realmente vales, ¿verdad? Heredaste una fortuna, y en una sola década llevaste a la quiebra las empresas de tu familia.

—Cállate la boca... —Da un paso al frente para darme una bofetada y le pego en la mano. No está acostumbrado a que pueda responderle.

—Sabes que es la verdad. Lo único que has hecho fue matar a mis padres y tomarnos a mí y a Wren prisioneras para poder construir tu fortuna. Y con un par de clics, te lo quité todo. Eres un fracasado. Y el mundo lo sabrá.

—Volverás a construir todo lo que me has quitado. Te mantendré encadenada aquí y nunca verás el sol...

—*Jamás* volveré a trabajar para ti. —Uso mi ira como arma. Nunca me sentí tan poderosa con Thom; estaba demasiado atrapada en su red antes. Ahora que Darius me liberó, soy una persona nueva.

Él balbucea, no puede hablar.

Suena un teléfono que lo interrumpe. Él saca su celular y se pone tenso cuando ve el nombre en la pantalla.

—¿Es uno de tus amigos inversores? —Le pregunto. Se pone rojo como remolacha, así que sé que debo estar en lo correcto—. No pueden estar muy contentos con el dinero que les has hecho perder.

—Ah, estarán contentos. —Guarda el celular. Está respirando con dificultad, pero hay un dejo triunfante en su voz —. No sólo porque volverás a construir mis inversiones, sino que las de ellos también. Y tengo algo más que ofrecerles. — Él señala a Darius—. Una cacería de transformista.

Respiro profundo y siento como si me hubiera golpeado en el estómago. Me incomoda su sonrisa. El terror me vuelve a invadir, me hace perder la ira y el poder que tenía hace un momento.

—No lo harías.

Él se ríe y siente que tiene la ventaja.

—Algo que nunca supiste de mí, hija. Soy parte de un club exclusivo. Nos llamamos los Venatores. Es una palabra en latín antiguo que significa *cazadores*. ¿Y adivina qué tipo de criatura nos gusta cazar?

—*No,* —me ahogo.

No quiero creer esto, pero tiene sentido. Las cadenas de plata, las redes, el tranquilizador. Los hombres de Thom estaban preparados para acabar con los transformistas. Esa fue a razón por la que me dijo que trajera a Darius conmigo y no por venganza.

Es tan retorcido.

—Ah, sí. Un juego común ya no es desafío. Esa es la razón por la que invité a Darius a Lockepoint en primer lugar. Para confirmar lo que Hannibal aquí ya había olido. —Él señala al tipo grande con cicatrices.

Hannibal es enorme. Debe ser otro transformista, uno que lucha contra los de su misma especie. ¿Porque quién mejor para enseñarle a alguien cómo cazar un transformista que otro transformista? Conoce todas las fortalezas y debilidades de un transformista.

Thom inclina la cabeza hacia un lado.

—¿Crees que los hermanos de Darius vendrán a salvarlo si damos una señal de peligro?

El agua helada inunda mis venas al pensar en los hermanos hombres-osos llegando para salvarnos a Darius y a mí, sólo para ser capturados, uno por uno.

—No, —me ahogo—. No puedes.

—Ah, lo haré. Darius será el primero en ser cazado ni bien llame a sus amigos.

—No lo hará.

—Creo que lo hará. —Thom hace una seña y un guardia avanza, abre un maletín médico y me muestra los frascos que hay en el interior—. Sobre todo si amenazo con envenenarte. Eso es algo que aprendí de los transformistas. Harán lo que sea si amenazas a su pareja destinada.

* * *

Wren.

—¿Estás segura de que quieres hacer esto? —pregunta el doctor, Matthias. Está sentado al lado de la cama en el cuarto de invitados en el que me estoy quedando.

Detrás de él, el tipo grande y rubio, Teddy, y su hermosa esposa Lana están parados en el umbral de la puerta. Matthias y Teddy son amigos de mi hermana y me rescataron. Parece que estaba a punto de morir después de que Thom me envenenó. Por suerte, Matthias estaba allí y pudo sanarme.

Ahora mismo me siento genial. Estoy moviéndome con energía en vez de descansando, quiero hacer lo que sea que pueda para ayudar a encontrar y rescatar a Paloma.

—Estoy segura. —Me acuesto y cierro los ojos antes de que alguien pueda contradecirme. Conectarme psíquicamente con mi hermana es tan fácil como respirar. Ahora mismo, mis rescatistas están haciendo todo lo posible por encontrarla a ella y a su novio, Darius. Thom los secuestró y nadie sabe dónde están. Puedo usar mis dones psíquicos para ver dónde están y quizás tener algunas pistas de su ubicación.

Calmo mi respiración, como me enseñó Paloma, y entro en un trance. Lo siguiente es estar mirando hacia abajo a la versión de mí misma acostada en la cama. Matthias espera a mi lado, su cabeza inclinada y pensando. Teddy camina por la sala de estar de la hermosa casa en la montaña que es suya y de Lana. Lana lo mira con preocupación.

Me dejo hundirme más y mi visión desaparece. Expando mi campo energético e imagino una bola de luz que se hace más y más grande hasta que se extiende de horizonte y horizonte. Mi hermana está allí afuera y puedo sentir su energía; es tan parecida a la mía.

De pronto, está justo a mi lado. Toco su energía con la mía, pero está muy preocupada. Su campo está lleno de preocupación y de una tristeza pesada. Imagino que la luz y el amor fluyen de mi corazón al suyo.

La imagen de dónde está se vuelve más clara. Sigo alimentando a Paloma con mi calidez y dejo que mi visión se solidifique.

Ella está sentada en un lugar que parece un gran depósito, con cajas y guardias a su alrededor. Junto a ella está Darius. Noto cada detalle de su alrededor e intento obtener una pista de dónde puede ser.

—Están en un depósito en un área forestal. En algún lugar a gran altura, —murmuro.

—Bien, eso es bueno. ¿Ambos con vida? ¿Qué más? —Me pregunta Teddy.

—Thom está allí. No... no lo veo, pero puedo sentirlo. Puaj.

—¿*Wren*? —Paloma me siente cerca pero no puede verme. Envío más amor hacia ella. Sigue preocupada y confundida, pero acepta mi presencia.

Satisfecha, volteo hacia Darius. Su energía es una herida abierta y latiente y no puedo seguir ignorándola. Está sufriendo mucho.

Me arrodillo a su lado e intento enviarle energía sanadora. Sólo siento más ira.

Y luego la luz cambia y tengo una visión de Darius no como hombre, sino como un gran oso marrón.

—Hay un oso dentro de Darius. No sé, así se muestra.

—Así es, Wren. Darius tiene un oso en su interior y si lo dejara salir, podría salvarlos. ¿Puedes decirle que lo deje salir? —Me pregunta Teddy.

Observo a Darius. Hay algo sobre él que lo aísla de mí y de todos, hasta de Paloma.

La sombra encima de él se solidifica en barrotes oscuros. El oso de Darius está enjaulado.

Me acerco y una garra enojada sale, no me da por poco. Me voy hacia atrás. El oso ruge con un sonido herido que hace eco.

—Lo sé, —le digo—. No eres libre. Rodeo la estructura, pero es sólida. No logro ver cómo entrar. El oso no me dejará acercarme lo suficiente para calmarlo.

Necesito que alguien le hable al oso y lo tranquilice. No confía en mí. ¿En quién confiaría?

De repente, estoy de regreso en mi cuerpo en el cuarto de invitados.

Abro los ojos y me siento derecha, sorprendiendo a los demás en la habitación. Matthias, Lana, y Teddy, todos me miran.

—¿Estás bien? —Matthias se acerca para revisar mis signos vitales y yo levanto una mano. No quiero que me toque. Estoy por intentar algo que nunca he hecho.

Si funciona, podría cambiarlo todo. Pero si fallo, podría perder a mi hermana.

Tiene que funcionar.

Volteo hacia Teddy.

—Necesito tu ayuda.

* * *

D*arius*

Hay murmullos a todo mi alrededor. Lucho por escuchar, pero mis oídos se llenan con los rugidos del oso.

Y luego todo se desvanece y escucho que Teddy dice mi nombre.

—Darius.

Lo veo con claridad, caminando desde la oscuridad hacia mí.

—¿Hermano? ¿Qué sucede? —La oscuridad se disipa. Ambos estamos parados en un claro del bosque. Reconozco cada piedra y árbol—. Aquí crecimos.

¿Me estoy muriendo? ¿A esto se refiere la gente cuando dicen que la vida pasa antes sus ojos?

—Tenemos que hablar, —dice Teddy—. Tengo que decirte algo.

—No tengo tiempo para esto. Tengo que regresar con Paloma. Ella me necesita. —Puedo sentir el dolor a la distancia. Las cosas terribles que suceden mientras duermo.

—Ella te necesita. —Da un paso al frente—. Pero tú necesitas a tu oso.

—¿Qué?

—Hermano, escucha. —Él me mira fijo a los ojos. Es como mirarse en un espejo o lo sería si se afeitara la barba tupida—. Abraza a tu oso.

—No puedo. —Niego con la cabeza, retrocedo—. No puedo dejarlo salir.

—Sí puedes. Debes.

—No. Es demasiado salvaje. —Volteo y allí está, el remolque en donde vivíamos. El que destruí. Un lado está abollado—. Lo arruinará todo.

—Puedo ayudar. Puede salvarte.

—No. Sólo puede causar destrucción. —Puedo sentir que el vello crece en mi mentón, sale como la barba de Teddy. Quizás por eso me afeité, para evitar parecerme mucho a mi gemelo. Para evitar parecer salvaje.

Todo para nada. Mi oso intenta escapar.

—Mira esto. —Muevo una mano para mostrar el remolque arruinado—. Mira lo que hizo.

—Tienes que abrazar ese lado de ti mismo. Tienes que ser quien debes ser.

—¿Y Paloma? ¿Y si la lastima? ¿Y si la asusta?

—Ella es fuerte, no se asustará fácilmente.

—Se irá, —grito.

Él se acerca más y lo empujo.

—Como Winnie. Como mamá.

—No... —Teddy me sostiene y me envuelve con sus brazos gigantes. De algún modo, el bastardo es más fuerte que yo. Intento luchar con él pero sólo me sostiene.

Me sostiene hasta que dejo de pelear.

—Se fue por mí, —digo y mientras las palabras salen de mi boca, las escucho en una voz más pequeña y joven. Me he encogido al tamaño que tenía de chico.

Teddy se agacha al nivel de mi yo más petiso.

—No fue tu culpa que nuestra madre se fuera. No puedes culparte a ti mismo. —Él se transforma en un Teddy más joven. Sin tatuajes, sin barba. Una imagen espejo de mí.

—No fue por nosotros, —dice en su voz de siete años—. Ella tomó sus propias decisiones.

—Estoy totalmente solo. El claro se ha oscurecido.

—No, hermano. Yo nunca te abandoné. —Teddy pone sus brazos flacuchos de siete años a mi alrededor—. Nunca lo hice y nunca lo haré.

Y luego volvimos a crecer, volvimos a nuestros cuerpos adultos.

—Nuestros hermanos tampoco. No te dejaremos.

El claro ha desaparecido y nuestro remolque de la niñez se ha ido, reemplazado por la cabaña en la montaña Osos malvados. Mi cabaña. El hogar que rechacé.

—Tampoco Paloma. Pero ella te necesita.

Hay una sombra que acecha la cabaña. Es demasiado grande para esconderse detrás, así que espera ahí, encorvada. Sus ojos brillan y la luz resplandece de sus garras enormes.

Es un monstruo lo suficientemente aterrador como para darle pesadillas a un niño de por vida.

—Está esperando. Él es tu fortaleza. Tienes que dejarlo salir.

No digo nada. Ni siquiera tengo la energía para decirle «no puedo».

Teddy observa mi rostro y suspira.

—Esto es mi culpa. Yo fui salvaje, igual que tú. Peleé demasiado contigo. No me di cuenta entonces, pero intentaba provocarte para que abrazaras a tu oso. Si me lo hubiera sabido antes, podría haber hecho un mejor trabajo y tan sólo hablar en vez de pelear.

Lo miro mal.

—Este es mi sueño, ¿por qué haces que sea sobre ti?

—Este no es un sueño. Y tu pareja te necesita. —La luz brilla en sus ojos y veo a su propio oso mirándome—. Te quedas sin tiempo. Recuerda lo que te dije. —Da un paso atrás y aprieta los puños. Reconozco bien su forma de pararse. Está a punto de empezar una pelea.

Levanto las manos.

—Espera...

Me deja sin defensas y me golpea de lleno en la cara.

* * *

T*eddy*

Me despierto sin aliento, agitado. Algo intenta ahorcarme y saco las garras para destrozarlo en pedazos.

—Teddy, —Grita Lana. Está justo a mi lado. —Está bien.

Me obligo a dejar de pelear, de sentirme salvaje. Estoy en la sala de estar de nuestra nueva casa en la montaña, tirado en un sofá de cuero. Lana está junto a mí, sentada en un reposapiés. Matthias está parado a su lado.

Hay pedazos de tela azul claro en mi pecho y en el suelo.

Me los quito de encima.

—¿Qué...?

—Era una manta que te cubría, —dice Matthias—. La destruiste.

Me siento y me froto el rostro con ambas manos.

—Perdón.

—Está bien. —Lana me ofrece la mano y espera a que la tome. La traigo hacia mí para darle un abrazo, necesito su calidez tangible para estabilizarme.

Después de un abrazo largo, ella se aleja y deja que Matthias me revise. Debe estar satisfecho con mis signos vitales porque sale y entra a la habitación de huéspedes, cerrando la puerta despacio.

—¿Funcionó? —Pregunta Lana—. ¿Hiciste la conexión?

—Eso creo. No lo sé. —El estado de trance me puso en un sueño que fue tan real—. Vi a Darius, le hablé. Creo que entendió el mensaje.

—Me pongo de pie, no aguanto seguir sentado. Me laten los nudillos como si hubiera golpeado a alguien. Darius tiene una cabeza tan dura en una visión como en la vida real.

La puerta de la habitación de huéspedes se abre y Matthias regresa, acompañado de la hermana de Paloma, Wren. Luce pálida y temblorosa y me apresuro a ayudarla a sentarse.

—¿Funcionó? —Le pregunto—. ¿Llegaste a ellos?

—Funcionó, —Dice Wren. Matthias la ayuda a acomodarse en el sofá.

—Dale algo de espacio, —ordena.

Lana pone una manta sobre sus hombros. Corro hasta el refrigerador para buscarle un vaso de agua.

Matthias lo sostiene para que Wren pueda beber. Después de un momento, le vuelve el color a las mejillas y se aclara la garganta.

—Están vivos. Puedo sentirlos a ambos.

—¿Tuviste alguna impresión de dónde estaban? —Pregunta Matthias.

Ella asiente.

—En un edificio de acero, como donde guardarías un avión pequeño. Sentí mucha tierra a su alrededor. Bosque. Algunas montañas. Había una pila de cajas con un logo en ellas. Un círculo alrededor de una X. Tanto el círculo como la X estaban hechas de cadenas de plata.

—Entendido, —Matthias se levanta y saca su celular—. Se lo diré a Kylie. Ella está investigando todos los vuelos privados en los Estados Unidos. Esto la ayudará a saber dónde puede haberlos llevado Thompson. —Sale para hacer sus llamadas.

—Lo hiciste bien, —le digo a Wren. —Gracias.

—Ella asiente—. Los uní a Darius y a ti, así podías darle el mensaje.

La piel de gallina aparece en mis brazos. No sé cómo funcionan estas visiones psíquicas, pero cuando me paré allí con Darius a mi lado en nuestra casa de la infancia, se sintió real.

—Le di el mensaje, —digo.

—Entonces está hecho. —Wren pestañea y levanta la cabeza. Sus ojos muestran algo de sueño—. Ahora depende de él.

* * *

arius

Me despierto sacudiéndome. No puedo moverme mucho. Estoy de pie y atado a una superficie dura con cadenas pesadas.

Estoy en el mismo espacio que antes, rodeado de guardias. Thom y Paloma están a unos metros.

—Darius. —Paloma camina hacia mí, pero dos guardias la toman y la llevan hacia atrás—. Suéltenme.

—Paloma, —gruño. No me gusta que nadie la toque. Tampoco a mi oso. Él acecha bajo mi piel, pero no pelea para salir.

Recuerdo mi sueño, el sueño en el que Teddy me dijo que no era un sueño. Se sintió tan real. Me late el rostro en donde Teddy me golpeó. El dolor es bueno y real y energizante comparado con la debilidad enfermiza que traen las cadenas.

En el sueño, mi oso era un monstruo deforme.

Abraza el oso, me dijo Teddy.

—Dile, —le dice Thompson a Paloma—. Dile lo que planeamos hacerle a él y a sus amigos transformistas.

—Déjame ir y lo haré, —responde. Él hace una seña para que los guardias la suelten.

Paloma se acerca despacio hacia mí.

—Darius, tengo que decirte algo. —Ella se para cerca de mí. Su hermoso rostro está serio—. No sé si saldremos de esto. Pero no importa. Lo único que importa es... —ella respira profundo y de forma temblorosa—. Te amo. Siempre te amaré.

—Princesa, —susurro. Lucho contra mis ataduras y deseo poder liberarme y sostenerla.

—Lo que sea que pase, quiero que lo sepas. —Y ella gira y toma el arco que estaba tirado cerca sobre una mesa. Enfrenta la multitud de los hombres de Thompson—. Si van a lastimarlo, tendrás que pasar por mí.

—No. —Un tipo grande con gafas de sol negras se abre camino entre sus compañeros guardias. Huele extraño, como si estuviera cubierto de aceite de clavos de olor. No puedo distinguir nada en su aroma. Ataca a Paloma, quien se mantiene firme, sosteniendo el arco de forma experta contra ella. Me resguarda cuando yo debería estar resguardándola a ella.

—No la lastimen, —grita Thompson. El tipo grande ralentiza su marcha y Paloma le dispara en el pecho. Él ruge, se arranca el dardo, pero el tranquilizante está diseñado para hacer efecto rápido. La debilidad se apodera de él y sus piernas se doblan, hacen que se caiga.

—¿Quién sigue? —Paloma muestra los dientes. Luce como la princesa guerrera que es.

Desde que nos conocimos, ella me llamó su vikingo. Porque eso necesitaba que fuera. No necesitaba un hombre civilizado de traje. Necesitaba un guerrero. Alguien fuerte y salvaje, que no se detuviera ante nada para pelear por ella.

No tiene idea de lo salvaje que puedo ser. Es hora de responder a la llamada y sacar a mi oso.

Te necesito, le digo. *Nuestra pareja te necesita.*
¿Pareja?
La marcaremos. Pero primero, debemos liberarnos.

Cedo el control y es como tomar una bocanada de aire fresco después de contener la respiración por años. Mis pulmones se llenan. Mis músculos se hinchan. El oso pone su fuerza en mi cuerpo, más de la que creí posible. La plata debajo de mi piel quema como ácido, pero me entrego al dolor.

Mis brazos y torso pican con una sensación tormentosa. Gotas metálicas llenan mi piel, manchadas de rojo. Estoy dudando plata. Plata y sangre. Pestañeo y lágrimas de plata corren por mi rostro, dejan rastros de fuego.

La debilidad sale de mi cuerpo junto con la plata. Todo lo que resta es romper las cadenas.

Paloma sigue sosteniendo el arco y brinda una distracción.

—No se queden parados allí. Agárrenla, —les ordena Thompson a sus hombres. Ellos corren hacia adelante. Paloma dispara otro dardo, pero la sobrepasan rápidamente. La toman y se la llevan a Thompson.

—Sosténganla. Le daré la inyección. —Saca un frasco con un líquido azul de un maletín médico y lo sostiene. Puedo oler el hedo acídico desde aquí.

Veneno, grita mi oso.

Sálvala, le digo. Él duda. He peleado con él tanto tiempo.

Lo siento. Me equivoqué al subyugarte. Eres parte de mí y te necesito. Eres mi fortaleza.

Él se pone de pie. La energía me recorre. Lucho contra las cadenas. No ceden, pero el metal sólido de mi espalda se afloja.

—No, —los brazos de Paloma se tensan, se tira contra los hombres que la sostienen y patalea en dirección a Thompson. Más guardias se apresuran a agarrarle las piernas.

—Sosténganla, quieta, —ordena Thom. Él avanza hacia ella, listo con una jeringa de veneno en la mano.

Doblo la espalda, tuerzo el metal que me rodea. Las cadenas se aflojan lo suficiente como para que mis pies toquen el suelo. Me paro con la mesa de metal a mis espaldas.

—¿Qué...? —Los guardias que están más cerca de mí escuchan el ruido de las cadenas y voltean.

Y dejo salir a mi oso.

* * *

Paloma

Un rugido sacude las paredes y piso de concreto. Thom salta y deja caer la jeringa con la que estaba a punto de inyectarme.

—¿Qué? —luce molesto, voltea para ver qué lo está interrumpiendo.

Un guardia pasa volando a nuestro lado y choca contra un grupo de otros seis. Caen como pinos de bolos.

Darius está de pie, sigue encadenado a la mesa de metal, pero de algún modo puede moverse. Arrastra todo el aparato con él. Las cadenas chocan mientras camina hacia el resto de los guardias.

—Dispárenle, —grita Thom. Él intenta correr y se cae.

Los guardias sacan sus armas y disparan.

—No, —grito.

Darius gira y las balas chocan contra el metal a sus espaldas. Se escuchan más estruendos y luego una garra peluda gigante se estira, toma la parte superior de la mesa de metal y la mueve sobre su cabeza.

El oso de Darius se para. Las cadenas siguen atando su gran cuerpo peludo. Hay humo y un sonido seseante en donde queman su carne. Pero no parece importarle. Se pone en cuatro patas y corre contra una fila de guardias rápidamente para que no tengan tiempo de quitarse del camino antes de abalanzarse. Las armas y los brazos humanos salen volando.

Me dejo caer inerte en los brazos de los guardias. Ellos me sueltan y me abandonan para tomar sus armas y puedo alejarme.

Más guardias forman una fila para dispararle a Darius y yo encuentro el arco otra vez. Me cubro detrás de una mesa caída, me protejo del culetazo del arco y les disparo. No apunto bien, pero los distrae los suficiente como para girarse y dispararme a mí mientras me agacho.

La forma de oso de Darius se tensa. Su cuerpo se vuelve imposiblemente gigante. Las cadenas de plata llegan al punto de quebrarse y él se libera de ellas.

Más guardias llegan al hangar.

—Cuidado, —grito.

El oso de Darius no necesita mi advertencia. Ya está destrozado la habitación. Toma las cadenas que usaron para atarlo y azota con ellas. Se vuelve un huracán de pelos y cadenas de plata que se mueve por el hangar y destrozar guardias, tira equipos, y parte pilas de cajas.

En la locura, los guardias siguen disparando, pero él no se detiene. Las balas sólo parecen hacerlo enojar más. Ruge lo suficientemente fuerte como para hacer temblar el edificio. Su pelaje está rojo con su sangre y la de sus enemigos.

La mayoría de los guardias han caído, quedaron aplastados por el torbellino letal. Un par corren hacia la puerta y el oso los persigue. Hay sonidos húmedos y carnosos y la sangre sale a chorros. Es una masacre.

Se escucha un gruñido cerca. El gran tipo transformista, Hannibal, se está levantando. Me alzo con el arco, pero no encuentro más dardos tranquilizadores. Están perdidos en el caos.

—Darius, —grito—. Tenemos que irnos.

Su oso voltea. Sus ojos dorados se posan en mí y siento una ola de miedo. ¿Darius está allí, detrás de esa mirada salvaje?

—Darius, —mantengo la voz grave y firme, como si le hablara a Starlight—. Soy yo. Lo has hecho bien. —Doy un paso y mi pie se topa con algo resbaladizo. Sigo caminando, no me atrevo a mirar hacia abajo— ...pero ahora es momento de irse. Podemos escapar. Juntos.

Algo toma mi pierna y yo grito, casi pierdo el equilibrio. Thom me tiene agarrada.

Lo sacudo, pero se sostiene. —Quítate, —gruño.

Una gran sombra cae encima de nosotros. El oso está allí mismo, gruñendo. Pedazos de pelaje marrón que no están cubiertos de sangre se erizan.

Se va hacia atrás sobre sus patas traseras. Dios, es el doble de alto que Darius en forma humana. Ricitos de oro se cagaría encima.

Quiero decir su nombre, pero mi boca está demasiado seca. Sólo puedo mirarlo fijo.

Con una garra gigante llena de sangre, me quita gentil- mente del medio. El calor de su cuerpo es como un horno que me quema.

Se pone en cuatro patas y mete la cabeza más cerca de Thom, mostrándole los dientes. Su boca es lo suficiente- mente grande como para tragarse la cabeza entera de Thom.

Realmente no quiero ver que ese oso se coma a alguien, pero no puedo dejar de mirar. El oso pone una pata encima del pecho de Thom, pero no presiona hacia abajo.

En vez de eso, su forma se vuelve la de Darius, humana

y gloriosamente desnuda. Sus dedos forman un puño en el cuello de la camisa de Thom.

—Paloma, —murmura Darius.

—Estoy aquí. —Me apresuro a su lado. Sus heridas lucen peor en piel humana, pero mientras las miro, los peores cortes y quemaduras de plata empiezan a cerrarse.

—¿Qué quieres hacer con él? —Me pregunta Darius. Su voz es seria.

—Tengo dinero, —se apresura a decir Thom—. Te daré lo que sea que quieras...

—No tienes dinero, —le recuerdo—. Ya no. Mis botas chocan contra algo pequeño y lo hacen rodar. Me agacho y tomo la jeringa que él iba a usar para inyectarme veneno.

Y sé exactamente lo que haré con ella.

—Me tuviste prisionera por años, —le digo a Thom—. Intentaste matar a Wren.

Thom se retuerce y abre la boca. El gruñido de Darius lo acalla.

—Ibas a cazar a mis amigos transformistas por diversión.

Darius ve lo que quiero hacer, le abre la camisa a Thom y deja al descubierto el pecho escuálido del viejo.

Me agacho y le digo a Darius,

—Sostenlo.

Thom se mueve pero Darius es demasiado fuerte y toma al viejo para que no pueda escapar.

—Esto es por mis padres. —Hundo la jeringa en el pecho de Thom. No sé qué dosis preparó Thom para mí, pero apuesto a que es fuerte. Quería castigarme, debilitarme. Y tiene problemas cardíacos—. Te daré a probar tu propia medicina.

Los ojos de Thom se ponen en blanco en su cabeza. Empieza a patalear. Darius lo suelta y deja que las extremidades de Thom choquen contra el suelo de concreto. Ambos miramos cómo se queda quieto.

Dejo de mirar su cuerpo, no siento nada. Thom merecía morir.

—Lo hiciste. Darius pone sus brazos a mi alrededor. Lo abrazo con alegría y me alejo.

—Estás sangrando.

—Es peor de lo que luce. No es toda sangre mía.

—Tenemos que salir de aquí. ¿Puedes correr?

—Sí. Pero tú no tienes que hacerlo. Súbete. —Da un paso atrás y con un temblor de todo el cuerpo se vuelve a convertir en oso.

Me tomo un momento para pasar la mano por su pelaje. Es grueso y más suave de lo que hubiera imaginado. El oso me gruñe y levanta un brazo para subirme a su espalda. Me acomodo encima y tomo mechones de su pelaje para no resbalarme.

Hay un coche detrás nuestro y Hannibal se levanta de entre los escombros del depósito. Se le cayeron los lentes y sus ojos negros brillan. Me muestra los dientes. Sus colmillos se vuelven más grandes frente a mis ojos.

—Ve, —grito y me sujeto del pelaje del oso. El oso Darius se mueve hacia la pared y hace un agujero con un lado del metal. Me agacho para protegerme los ojos de los escombros que caen. Los músculos del oso se tensan bajo mis piernas y salimos disparados del hangar hacia el bosque tupido.

Andar en oso no se parece en nada a montar a caballo. Me pego a la espalda del oso lo mejor que puedo, pero su tamaño es demasiado ancho para sujetarme bien con las rodillas. No ayuda que estemos corriendo por un terrero desparejo, esquivando arbustos y árboles. El oso Darius controla su espalda a cada momento para acomodarme.

Le tomo la mano justo a tiempo y escucho un rugido detrás nuestros. Este rugido es diferente que el de un oso. Es más parecido al grito de un búfalo de agua. Algo corre por el bosque detrás nuestro. Los árboles se caen a su paso.

Hannibal viene por nosotros.

El oso Darius acelera. Me pego contra él y aprieto su gran cuello de oso. Está corriendo ahora, pero Hannibal se acerca. Lo que no daría por tener un dardo tranquilizante ahora mismo.

Un pino alto vuela por el aire y cae justo a nuestro lado. Darius gira para esquivarlo. Unos segundos después, otro.

Hannibal nos está llevando a algún lugar. ¿Pero dónde? No puedo levantar mucho la cabeza sin arriesgarme a caerme.

Por encima hay sonido de pum, pum, pum. Me tenso y espero algún tipo de ataque, pero un helicóptero negro aparece en el cielo. El viento de sus aspas propulsoras mueve la copa de los árboles.

El oso Darius corre por una roca hacia un claro y el helicóptero desciende. Canyon saca la cabeza por el lado abierto.

—Por aquí, —grita y mueve el brazo en dirección al oeste.

Hay un crujido cerca. Entre los árboles, Hannibal ha sacado un árbol desde las raíces y lo sostiene para lanzárselo al helicóptero.

—Cuidado, —grito.

El tronco del árbol vuela por el aire, directo a Canyon.

—¡Mieerda! —Grita Canyon y se mete rápido adentro.

—Esperen, —grita Bern desde el asiento del piloto. El helicóptero se aleja hacia el oeste. El oso Darius lo sigue, saltando entre rocas. Me muevo tanto que mis piernas vuelan, sólo para volver a chocar contra la espalda de

Darius. Lo único que me asegura son mis brazos alrededor del cuello del oso.

Adelante, el bosque termina abruptamente. No puedo verlo hasta que salimos de entre los árboles y corremos por las rocas. Estamos en la cima de un acantilado. Me doy cuenta por los árboles que caen que Hannibal está justo detrás nuestro. Nos tiene acorralados.

El oso Darius se apresura hacia adelante. Nos hará caer por el acantilado. Entierro mi rostro en su pelaje.

En el último segundo, el helicóptero aparece y baja.

El oso Darius salta...

Bern inclina el helicóptero de costado...

El oso Darius se toma de la plataforma. El helicóptero se sacude fuerte pero no cae al suelo. Pendemos en el aire. Con los brazos cansados, lucho por sostenerme de Darius.

Hannibal se detiene de golpe en el borde del acantilado y arroja un último tronco como una lanza. Vuela por el aire. El oso Darius gira para evitarla Y no puedo agarrarme de su cuello.

—Darius, —grito.

Él se transforma en el aire y me busca, me sostiene del brazo. El movimiento me sacude los huesos hasta el hombro, pero espero que me sostenga.

—Te tengo, —dice. Sus dedos envuelven mis bíceps y me agarra con fuerza. Colgamos en el aire, respirando fuerte, hasta que Canyon nos ayuda a subir y Bern acelera el helicóptero hacia arriba para irnos.

Capítulo quince

P*aloma*

Ni bien bajamos a la Montaña Osos Malvados, Darius señala el pequeño hangar al costado de la pista.

—Tienen un comité de bienvenida.

Allí, parada junto a Everest en forma de oso, está Wren.

Darius, cuyo cabello y barba crecieron al largo de un vikingo otra vez desde que dejó salir a su oso, me ayuda a bajarme del pequeño avión. Después del rescate en helicóptero, nos cambiamos a una avioneta. Bern voló y Canyon fue su copiloto. Ambos se comportaron con bastante habilidad.

Ni bien mis pies tocan el pavimento, corro por el asfalto. Wren me alcanza a mitad de camino y chocamos en un gran abrazo desprolijo.

—Gracias a Dios. Gracias a Dios. Pensé que habías muerto, Rencita.

—Estoy bien. ¿Y tú? —Ella llora en mis brazos.

—No, estoy bien también. Ambas lloramos con alegría.

—¿Dónde está Thom? ¿Qué sucedió?

—Thom murió. —Miro por encima de mi hombro a

Darius, que está parado detrás de mí como si me protegiera las espaldas.

—Tu hermana malota le dio de probar su propia medicina. —Darius me sonríe.

—¿Lo mataste?

—Le inyecté en mismo veneno que tenía esperándome, pero supongo que él no tenía tolerancia, y ya sabes, que tenía problemas cardíacos. —Me encojo de hombros.

El gran oso en el asfalto se acerca más.

—Supongo que has conocido a Everest. No estoy segura de cuánto sabe Wren sobre los osos en la Montaña Osos Malvados, pero habrá tiempo para entenderlo.

—Ah, sí. Me ha estado mostrando el lugar. —Ella levanta una ceja—. ¿Escuché que tu novio también es oso?

—Él es Darius. —Dejo de abrazarlo a la fuerza para que ella pueda darle la mano—. Él y sus hermanos nos salvaron la vida.

Wren ignora la mano y se lanza para darle un abrazo.

Darius se ríe sorprendo antes de levantar los brazos y hacer lo mismo.

—Es un gran gusto conocerte, Wren.

—No volveré a la escuela, —dice Wren firmemente cuando sale de los brazos de Darius.

—No, no lo harás, —concuerdo—. De ahora en más nos quedamos juntas. A menos que, por supuesto, sea momento de seguir e ir a la universidad y hacer las cosas normales que se supone que hagan los jóvenes.

—Las cosas normales que a ti no te *permitieron* hacer, —dice Wren de forma sombría—. Siempre supe que algo no andaba bien, pero tú hacías que pareciera que todo estaba bien. —Ella me empuja suavemente—. ¿Por qué no me *dijiste* lo que sucedía?

—Sólo quería protegerte y resguardarte de su locura. Si

lo sabías, habrías insistido en quedarte cerca y entonces él hubiera descubierto que también tienes habilidades psíquicas.

—Hablando de habilidades psíquicas. —Darius pone una mano sobre el hombro de Wren—. Escuchamos que eras responsable de descubrir en dónde estábamos.

Wren sonríe.

—Nah, sólo tuve pistas. Fue tu amiga hacker la que descubrió el resto. ¿Cómo dijo Teddy que se llamaba? ¿Kylie?

—Sí, Kylie.

—Pero sí los conecté a Teddy y a ti para que él te dijera que soltaras a tu oso.

Me giro hacia Darius que tiene la boca abierta.

—¿Eso sucedió de verdad? Pensé que era una alucinación.

Wren luce complacida de sí misma, como debe estarlo.

—Ah, sí. ¿Te conté que mi talentosa hermana también tiene habilidades psíquicas? —Pongo un brazo alrededor de los hombros de Wren con orgullo—. Tiene facilidad para aparecer en mis sueños. No sabía que podía conectar psíquicamente a dos personas.

—Nunca antes lo había intentado, —dice Wren—. Pero seguro ayudó que fueran gemelos.

—Lo dudo, —murmura Darius—. No somos cercanos.

Wren inclina la cabeza mientras lo observa.

—Se sintieron muy cercano para mí. Casi como si no supieran donde terminaba uno y empezaba el otro.

Hago un ruido suave de «mm» porque eso tiene sentido energéticamente. Darius ha estado enfrentado con su hermano porque estaba enfrentado consigo mismo. Con su propio oso.

—¡Adentro, chicos! —Lana nos llama desde el lado del

acompañante de una Jaguar todoterreno blanca que estaciona a nuestro lado. Teddy está detrás del volate. Ambos se bajan para abrazarnos mientras nos subimos al asiento trasero con Wren.

—Wren puede quedarse con nosotros, —dice Lana—. Ya la acomodamos allí y ustedes dos probablemente necesiten descansar y recuperarse un poco.

—Y encargarse de un asunto sin terminar —gruñe Teddy desde el asiento delantero.

Darius muestra los dientes y le gruñe.

Me río y tomo los bíceps gigantes de Darius.

—¿Se refiere a lo que creo?

—¿Qué es? —Pregunta Wren.

—Tiene que quitar el hocico de los temas de mi oso, —declara Darius.

Me río. Lana se une. Hasta Teddy se mofa.

—Parece que Teddy puede haber tenido razón con el tema de tu oso, —le recuerdo.

El rostro de Darius se suaviza.

—Sí, hermano. Gracias por el golpe en el rostro. Era exactamente lo que necesitaba.

* * *

Darius

Teddy y Lana nos dejan y llevo a Paloma a mi cabaña, sus piernas exuberantes envuelven mi cintura, su centro cálido está presionando justo encima de dónde lo deseo.

—Princesa, te arrancaré la ropa tan rápido que gritarás, —le advierto, sacándome las botas en la entrada con una patada.

Siento que mi oso ruge con emoción, pero ya no me

preocupa.

Hice que mi oso pareciera algo grotesco. Algo peligroso. Un monstruo que lastimaba a quienes amo. Cuando destruí el depósito, me di cuenta de que aunque es capaz de esas cosas, sigue siendo yo. La única razón por la que mi lado oso estaba tan descontrolado cuando era niño era que no tenía la edad suficiente para entender cómo ser un oso. La pubertad llegó muy temprano y nuestra madre biológica no me ofreció ninguna explicación o entrenamiento de lo que significaba o cómo manejarlo No pude controlar mi lado animal y eso me asustó, lo que, por supuesto, asustó a mi oso y lo hizo más impredecible y peligroso.

Rechacé mi lado animal creyendo que eso me daría el control que desesperadamente ansiaba en un momento oscuro de mi vida. Pero en vez de eso hizo que mi oso estuviera *más* fuera de control, más frustrado y sin poder buscar su realización.

Destruir todo en forma de oso para salvar a mi pareja fue infinitamente más satisfactorio. Nada se podría acercar al sentimiento excepto marcar a Paloma.

Ella está con los brazos envolviendo mi cuello mientras la llevo por la pequeña cabaña y me muerde la oreja.

—¿Eso es verdad? —ronronea. Quiere que la haga gritar. Creo que quiere que la marque, pero tengo que asegurarme.

—Aján. —La llevo a la habitación y la arrojo sobre mi cama—. ¿Sabes lo que sucederá ahora? —Uso mi voz de vikingo gruñón con ella, en parte porque sé que le encanta y en parte porque dejo salir a mi oso. Lo estoy dejando lucirse. Su agresión es mi agresión. Mi agresión, la suya.

—¿Me marcarás? —pregunta.

Me quito la camisa de un tirón sin abrir los botones, lo que hace que salgan disparados por todos lados.

Paloma se ríe.

—Así es, hermosa. —Doy la vuelta a la cama—. ¿Eso te parece bien a ti?

Ella me sonríe. Su rostro se sonroja con deseo, sus ojos están brillosos, a pesar de nuestra terrible experiencia. Ella asiente.

—¿No le tienes miedo a mi oso?

Su risa es espesa y cálida como la miel.

—¿Por qué le tendría miedo a tu oso? Acaba de salvarme de la muerte.

Me subo encima de ella.

—Además, Darius, él eres *tú*. No es una entidad separada en la que te transformas. Tú *eres* el oso.

Le sonrío como el tonto que soy.

—Esa es exactamente la conclusión a la que acabo de llegar, princesa. —Reclamo su boca, la beso por completo como pretendo hacerlo por el resto de mi vida—. Lo que prueba que eres la mujer perfecta para mí, no es que tuviera alguna duda. —Sigo besándola, moviendo mi pene rígido contra el agujero entre sus piernas—. Eres la única persona que me entiende hasta mejor de lo que me entiendo a mí mismo Hasta más que Teddy, no es que esté admitiendo que ese pendejo pueda haberme conocido mejor que yo mismo.

Paloma se ríe.

—Pero hay una cosa.

—¿Qué sucede, pequeña *dove*? —balbuceo.

Ella frunce la nariz de la forma más linda posible.

—Creo que ambos tenemos que ducharnos primero.

La risa sale explotada de mi garganta.

—Tienes razón. Intenté asearme en el vuelo en avión, pero estaba cubierto de sangre y han pasado veinticuatro horas desde nuestra última ducha extremadamente placentera.

La vuelvo a levantar y la llevo al baño. Ella se ríe cuando la dejo de pie y le arranco el top corto roto y manchado por encima de la cabeza. Me desabrocha los vaqueros mientras le rompo el sostén deportivo a la mitad en el frente.

—¡Darius! —exclama sin aliento—. ¿Cómo hiciste eso? Debería ser imposible.

—Princesa, hay al menos una decena de cosas que te hará ahora mismo de solías pensar imposibles.

—¿Ah, sí? Muéstrame, —me desafía.

Desafío aceptado.

Le bajo los pantalones de yoga y las bragas hasta los tobillos y hago una sentadilla mientras lo hago. Cuando se pasa la tela por los tobillos, paso mis brazos entre sus piernas y la sostengo desde atrás con mis palmas para dejar su vagina al nivel de mi boca cuando me paro. Ella grita, se ríe y se agacha para que su cabeza no toque el techo. Me pierdo en la esencia de sus fluidos. Mi lengua se mete entre sus pliegues.

—¡Oh por Dios! —Sus muslos se cierran alrededor de mis oídos—. Darius. —Ella dobla los dedos entre mi cabello de rápido crecimiento y tira—. Oh por dios.

—Apuesto a que no sabías que esto era posible, —la provoco con movimientos de mi lengua.

Sus gritos caen como monedas de oro a mi alrededor. Recompensas brillantes por hacer lo que nací para hacer.

—Oh, por favor. —Está temblando, su piel delicada se tensa y relaja—. Es... es demasiado.

Sé que sólo lo dice porque necesita acabar.

Pongo sus caderas contra la pared, mis manos pasan desde su espalda a sus axilas. Sus piernas quedan colgando de mis brazos, sus pies patalean mientras la penetro con mi lengua.

—¡Darius... Darius! —suena asustada—. ¡Oh por Dios, por favooooor! —grita, tirándome fuerte del cabello.

Succiono con mi lengua todo su sexo y ella choca contra mí en su descarga. Está llorando de placer, temblando por completo cuando la bajo con cuidado para sentarla en la mesada mientras abro el agua.

—No me dejes, —murmura, pegándose a mi brazo cuando volteo—. No creo poder pararme todavía.

—Te tengo, princesa. —La sostengo con una mano en la cintura mientras me quito los vaqueros. No llego ropa interior, mi ropa quedó destrozada cuando me transformé espontáneamente en el depósito, pero por suerte los trillizos trajeron algo extra cuando nos rescataron.

Cuando estoy desnudo, pruebo el agua y, al encontrarla caliente, alzo a mi hermosa pareja para llevarla conmigo a la ducha. Dejo que se pare debajo del chorro de agua caliente mientras tomo una barra de jabón y la muevo en mis manos.

—Nop. —Paloma la agarra—. Quiero lavarte yo esta vez, —dice, moviéndome hacia adelante para que cambiemos posiciones—. Necesito sentir estos grandes y fuertes músculos de oso. Sus manos encuentran mi cintura y acarician mis lados, forman un círculo lento alrededor de mis pectorales.

Tengo el pene duro como una roca, se mueve hacia ella, el pre-semen cae de la cabeza. Su evidente apreciación de mi cuerpo me hace sentir como si mi oso pudiera escapar de mí en cualquier momento. En vez de luchar contra esa sensación, me pierdo en ella. No lo dejo salir, pero me uno a él. Le permito a mi lado oso este momento.

Un gruñido animal sale de mi pecho.

La mirada de Paloma pasa de admirar mis abdominales a mi rostro. Pero no encuentro miedo en su expresión. Sólo sorpresa. Ella levanta las manos hasta mi rostro y acaricia mi mandíbula, luego tira de mi barba. —Se ven tus ojos de oso.

La toco, el momento de dejarla tener el control termina con mi lujuria. Le aprieto el trasero y traigo su cuerpo junto al mío, bajo la cabeza para volver a tomar su boca. Ella envuelve mi pene con el puño y gruño.

—Déjame lavarte, —murmura contra mi boca.

Calmo mi temperamento.

—Tu deseo es mi orden, princesa. —La suelto contra mis deseos y ella pasa la barra de jabón por mi pecho, debajo de mis axilas, luego baja por mis muslos e ignora la erección extremadamente evidente.

—Date vuelta. —Su voz es rasposa. Tiene los pezones duros. Me giro y ella me pasa el jabón por la espalda, luego hace espuma que pone alrededor de mi trasero y entre mis nalgas, provocando a mis bolas desde atrás—. Mieeeeeerda, —resoplo.

Ya no puedo esperar. Me vuelvo a girar, pero antes de poder tomar el control, ella toma mi pene con el puño y me hace quedarme quieto. Casi muero cuando desliza su palma enjabonada hacia arriba y abajo de mi largo.

—Ah, dulce *dove*. Me harás acabar como un adolescente. Espera. —Tomo su muñeca y ella me suelta. La tomo por la cintura para cambiar lugares y lavarla, adorándola con mis manos al mismo tiempo que mi boca recorre sus picos y valles, succiona, lame, muerde todos los lugares que la hacen gritar.

—¡Bueno! —grita finalmente.

—Bueno, qué, ¿dulce *dove*?

—Bueno, creo que estamos lo suficientemente limpios.

Me río.

—Mi oso está de acuerdo. —La levanto y cierro el agua con la rodilla para sacarla de la ducha. Encuentro una toalla para envolverla, pero no se queda puesta porque treinta segundos después la giro y la pongo contra la pared.

—Dame ese trasero, —ronroneo mientras le separo más las piernas.

Ella dobla la cintura y se ofrece a mí.

Quise ser mucho más suave. Quise que esto fuera una seducción lenta, pero es demasiado tarde. Mi oso controla el espectáculo y la quiere *ahora*.

Froto la cabeza de mi pene latiente por su hendidura y divido sus dulces pliegues. Apenas logro contenerme y recuerdo que todavía es prácticamente una virgen. Su cuerpo no está acostumbrado a mi tamaño. Aprieto los ojos con fuerza para concentrarme, para ir más lento, siento mi largo en ella, centímetro a centímetro.

Ella deja salir sonidos de deseo. Más monedas de oro que caen junto a mis oídos.

—Déjame entrar en esa vagina apretada y jugosa que tienes. —Mi voz suena dos octavas más graves de lo normal.

—Estás dentro, estás dentro, —jadea y me empuja hacia atrás, arqueando la espalda baja para tomarme más profundo.

—Mmm, eso es, bebé. —Me hundo un poco más—. Tan bueno. Me tomas tan bien. Ah, te gusta hablar sucio, ¿no es así? —Me acerco cuando se pone aún más resbaladiza, permitiéndome ir más lejos. Salgo un poco y empujo hacia adelante de a poco otra vez. —¿Hmm? ¿Quieres que te lo haga por atrás, princesa? ¿Eso es lo que hace tu vikingo?

—Mi oso, —se queja.

Me quedo donde estoy y estiro el brazo para tocar gentilmente su clítoris. Ella empuja hacia atrás y toma más de mi miembro.

—¿Quieres a tu oso?

—Sí. Sí, Por favor.

Acaricio sus costados con las manos, me deslizo alrededor para moldear sus pechos y pellizcar sus pezones, luego vuelvo a bajar para formar círculos con los pulgares alrededor de su espalda baja.

—Mmm, me lo pidas tan bien. Creo que mejor debería darte una cogida total. ¿Qué piensas? —Salgo un poco más esta vez antes de volver a ir más profundo, llegando hasta el fondo de su cérvix.

Ella grita.

—¿Necesitas que te lo haga bien, dulce *dove*? —La tomo de la cintura y salgo, luego empujo con más fuerza esta vez. Está chorreando, empapando mi miembro con sus fluidos, su piel sedosa e hinchada y receptiva.

—S-sí, —trina.

La tomo con más fuerza y acelero el ritmo, arqueo los movimientos hacia adentro y afuera. Me muerdo la mejilla hasta que sangra para contener mi agresión. Para evitar ser muy duro con mi hermosa pareja.

—¿Eso se siente bien, princesa? ¿Te gusta sentirme profundo? —Vuelvo a tocar su clítoris.

—Dios, sí, —jadea.

—Tómalo, entonces. —Se lo hago más fuerte, mi respiración se arrastra en bocanadas ásperas entre mis dientes.

—¡Sí! —grita—. Te necesito. Te necesito. Te necesito.

Sus gemidos me deshacen. Pierdo el control y golpeo contra ella, mis dedos la toman muy fuerte, mis caderas se encuentran con su hermoso trasero acolchonado.

La habitación da vueltas. Hace demasiado calor, el vapor de nuestra ducha sigue empañando el espejo. Siento que descienden mis caninos, listos para marcar a Paloma.

—¿Estás segura? —Suspiro, de alguna forma recuerdo volver a buscar su consentimiento.

—¡Sí! ¡Lo quiero! —grita.

Envuelvo su cintura con mi brazo y tomo el frente de su garganta, la levanto para alejarla de la pared, así su cabeza se reclina contra mi hombro mientras empujo contra ella.

—Mía, —gruño, mi voz no suena humana en lo absoluto. Froto su clítoris mientras acabo, y ella llega al orgasmo al mismo tiempo que yo. Mis dientes se hunden en la parte carnosa de su hombro, por siempre unen el serum que cubre mis dientes con su piel.

Ella salta por el dolor, y por un horrible momento, pienso que mi oso la destrozará, pero me doy cuenta de que estoy en control. De inmediato retraigo los dientes de su piel, lamo la sangre y le beso el cuello.

—Eso es, dulce *dove*. Ya terminó, —murmuro, la punta de mi dedo sigue acariciando su clítoris—. Ahora eres mía. Mi pareja. Por siempre.

Ella vuelve a llegar al orgasmo, tiembla y jadea en mis brazos, sus músculos se tensan alrededor de mi miembro, lo exprimen hasta sacar otro clímax de mí.

—Te amo, Paloma. Te amo tanto, maldición. Más que a nadie o a nada en mi vida.

Capítulo dieciséis

D*arius*

Ella llora, si es una descarga emocional o física, no estoy seguro.

—¿Estás bien, cariño? —La sostengo con fuerza, sigo besándola por todos los lugares a los que llegan mis labios—. Lamento haberte lastimado. Nunca más te volveré a herir. Nunca.

—Lo sé, está bien. Estoy bien. —Ella suena llorosa, así que me salgo y la pongo en mis brazos para llevarla a la cama.

Estoy aliviado una vez que puedo ver su rostro. No parece estar sufriendo, parece estar extasiada. Mi increíble y hermosa pareja.

—¿Crees que te amo? —Le pregunto—. Quiero que sepas, no son sólo las feromonas. *Eres* mi pareja destinada, pero eres mucho más para mí. Creo que eres increíble, Paloma. Eres más valiente que cualquier guerrero y muy inteligente. Y eres amable y leal. Los sacrificios que hiciste por tu hermana son... —Mis ojos se ponen lloroso pensando en cómo abandoné a mis hermanos y a la Montaña Osos

Malvados mientras me decía a mí mismo que lo hacía por ellos.

Paloma toca mi rostro mientras nos acomodo sobre la cama, enfrentados.

—¿Estás pensando en Teddy?

—Estaba pensando en todos mis hermanos. En lo tonto que he sido. Me dije a mí mismo que tenía que irme y amasar una fortuna para salvarlos a todos, pero todo lo que hice fue escapar de mi oso.

—El oso que amo. —Ella acaricia mi mandíbula con barba.

—¿Amas a mi oso? —Estoy buscando su aprobación. Mierda, es sorprendente lo vulnerable que me siento ahora mismo. Puede que Paloma no me ame. No tiene las feromonas de oso que le digan que soy el hombre para ella. Pero sí me permitió marcarla. Eso debe significar algo.

—Te amo a *ti*, —dice con firmeza, levantando sus suaves labios para presionarlos contra los míos—. Y a tu oso. Porque eres uno sólo.

—Me salvaste, —me doy cuenta—. Era un hombre a medias, con un costado totalmente sin expresión del que me negaba. Y tú me liberaste. Todo este tiempo pensé que te estaba salvando, pero era al revés. Igual que como me dije que estaba salvando a ms hermanos al mudarme a Nueva York.

—No, —se ríe Paloma, pero hay algo perturbador en su expresión—. Definitivamente me salvaste. Dios, estaba literalmente esclavizada. Si no hubieras llegado, sería la esclava sexual de algún idiota además de la operadora de bolsa esclava de Thom ahora mismo. Ella se estremece.

Mi oso sale a la superficie y dejo que gruña en voz alta.

Paloma no tiene miedo. Sus ojos se arrugan mientras deja otro beso en mis labios.

—Allí está, —ronronea.

Ambos nos ponemos serios al recordar por lo que ha pasado.

—No puedo creer que Thom supiera de los transformistas y quisiera cazarlos.

Frunzo el ceño.

—Sí, hay una sociedad secreta de los ultras adinerados en el mundo que trafican transformistas, más que nada jóvenes a punto de transicionar. Se llaman a sí mismos los Venatores.

—Claro. Latín para *cazadores*. Thom me lo dijo cuando estabas desmayado.

—Sí. Tomaron el nombre de unos cazadores de la antigua Roma que participaron en espectáculos públicos, se llamaban los *venationes*. Esos espectáculos tenían caza y matanza de animales salvajes en arenas y eran más que nada para entretenimiento. Supongo que para los Venatores de hoy en día, un transformista, un animal humano salvaje, es un mejor oponente.

—Es asqueroso. —La ira aparece en la mirada feroz y protectora de Paloma—. Esos hombres son retorcidos. Moralmente condenables. Necesitan ser acabados.

—Sí. Ese es el objetivo del equipos de operaciones de transformistas que conociste.

—Y por el amor de Dios, ¿*cazan a jóvenes que acaban de transicionar*? Eso es simplemente enfermizo.

—Estoy de acuerdo.

—Quizás pueda ayudar. Conozco a muchos de los secuaces de Thom.

—Eso sería útil. Seguro investigarán a fondo todas las pistas que puedas darles o lo que puedan descubrir ahora que saben que Thom era parte de eso.

Paloma pestañea y su mirada se nubla aún más.

—¿Ahora me buscarán por asesinato?

—No. —Acomodo un mechón de cabello detrás de su oreja—. De ninguna forma. El equipo de operaciones se quedó a limpiar. Imagino que lo hicieron ver como una explosión o un choque de avión o algo que lo cubriera todo.

—¡Oh! —Paloma se ríe—. Acabo de darme cuenta de por qué hubo fuegos artificiales cuando aterrizamos en Lockepoint. ¡Era para cubrir el ruido de los disparos! Qué inteligente.

—Sí. —Acaricio ligeramente alrededor de las heridas que le hice al cuello de Paloma—. ¿Cuánto me odias ahora mismo por esto?

Ella se ríe.

—Puede que te odie mañana, pero ahora mismo me siento increíble.

Me relajo un poco.

—El serum puede tener algunas propiedades sedativas para los humanos, no estoy seguro. Se lo preguntaré a Matthias. Deberíamos controlar esas heridas punzantes para asegurarnos de que no se infecten, aunque mi saliva hace que se sanen más rápido y previene infecciones.

—Bueno. —Los párpados de Paloma caen y su cabeza se apoya en la almohada.

Creo que ambos hemos estado despiertos por veinticuatro horas seguidas, excepto cuando estuve drogado, pero se siente como si hubiera mucho que tenemos que hablar todavía.

—Hay algo que no te dije.

Paloma apoya su cabeza en una mano y luce cansada.

—¿Qué es?

—Los osos están en pareja toda la vida. Marcarte es más que un matrimonio humano. Yo no podré divorciarme. No te podrás deshacer de mí. Pero no quiero que te sientas encerada después de todo lo que pasaste.

Paloma me mira con esos grandes ojos marrones.

—¿Me estás diciendo que ahora tendré que quedarme contigo?

Asiento.

—¿Tendré un oso gigante, gruñón y protector por el resto de mi vida?

—Así es, princesa. Pero no tenemos que quedarnos aquí. Iré adonde sea que tú y Wren quieran vivir. Puedo trabajar desde cualquier sitio, a pesar de lo que me dije a mí mismo los últimos quince años.

—¿Y viene con siete hermanos osos gigantes y una mamá que está hibernando?

Veo el brillo en sus ojos y puedo exhalar.

—Exacto.

—Oh, maldición. —Sus labios se mueven y ella se acerca a darme un beso en los labios—. Eso suena muy horrible, pero probablemente me acostumbre.

Paso la mano por su cadera.

—¿Estás segura, amor? Sé que nos acabamos de conocer y que los humanos suelen tener un cortejo mucho más largo.

—Nunca antes estuve tan segura de algo, —murmura, acercando su almohada o acomodándose justo contra mi pecho—. Pero ahora necesito hibernar por un minuto, murmura dormida.

Mi oso ronronea despacio, satisfecho finalmente. Mi pareja está aquí en mis brazos, justo donde se supone que esté. Puede que haya secuestrado a Rapunzel de su torre, pero ahora está conforme en quedarse.

Dejo un beso en su frente.

—Duerme, pequeña *dove*, —murmuro, aunque su respiración ya es profunda y pareja.

* * *

Paloma

—Despierta.

—Una cosa que deberías saber, —murmuro—. Es que no me gustan las mañanas. Años de Thom haciéndome trabajar temprano y horas extras en la bolsa me hicieron desear dormir hasta tarde.

—Es bueno saberlo. —Darius me besa el hombro. Se volvió a cortar el cabello según los estándares de Wall Street, que son realmente sensuales. De hecho, le queda bien cualquier largo de cabello y barba que le he visto.

—Duerme todo lo que quieras, princesa. Sólo para que lo sepas, me dijeron que Teddy y Lana nos invitaron a un gran desayuno con panqueques.

Mis ojos se abren de golpe.

—No importa, ya me desperté. Me encantan los panqueques.

El pecho de Darius vibra con una risa.

—Wren les dijo que eran tus favoritos. Ella y Everest hicieron una salsa fóster de banas para acompañarlos.

—Estoy despierta. —Me destapo y corro al baño.

—Tómate tu tiempo. Te buscaré algo de café.

Salgo de la habitación unos minutos más tarde, cambiada con pantalones de yoga cómodos de DiosaIndumentaria y un top con tiras, y una de las camisas de leñador de Darius encima para conservar el calor. Darius me saluda con una taza de café caliente y un beso.

—Mmmm, podría acostumbrarme a esto. —Froto su mentón con una barba incipiente. Estaba rasurado hace un minuto, pero ahora su mandíbula está cubierta de vellos dorados—. Los besos de barba vikingos son los mejores.

—Es mi oso, —se queja Darius—. Hace que se note su presencia.

—Hola, oso. Gracias otra vez por salvarnos el pellejo.

Darius se inclina hacia adelante y deja que baje su cabeza. Estamos frente a frente, unidos por un momento. Hemos pasado por tanto estos últimos días. Tanta aventura y sobrevivimos. Todavía me estoy dando cuenta de que estamos juntos y a salvo.

Algo se queja y chilla al otro lado de la puerta. Es un sonido conocido, como resoplido de un caballo.

—¿Qué es eso? —Estiro el cuello.

—Ese es el regalo de mis hermanos para ti. —Él señala la puerta—. Hicieron que unos amigos nuestros la trajeran ilegalmente a Lockepoint.

Apoyo mi café en una mesita y salgo. Esperándome en el claro frente a la cabaña está mi caballo, Starlight. —Oh, bebé, estás aquí. Tomo su cabestro y beso su nariz. Ella relincha suavemente, saludándome.

Darius sale y ella arroja la cabeza, relinchando y alejándose.

—Shhhh, está bien. —Acaricio sus costados y la dejo alejarse de Darius.

—Ella huele a mi oso. Él mantiene distancia.

—Se acostumbrará a ti. Tampoco me gustaste al principio. —Le hago una cara y él sonríe.

Axel y los trillizos están al borde del bosque. Llevo a Starlight hacia ellos. Sus orejas se levantan pero me deja acercarla a su lado.

—Muchísimas gracias. —Traigo a cada uno para darles un abrazo. Tienen que agacharse para alcanzarme, pero será mejor que se acostumbren a hacerlo. No me volveré más alta y tengo la sensación de que nos abrazaremos mucho.

Ahora somos familia.

—Ella luce bien. ¿Quién la cepilló?

Los trillizos señalan a Axel.

—No le caigo tan mal, —dice y lo prueba tomando su cabezal y pasando las manos por su melena—. Despejé mi otro garaje para hacer un lugar para su establo.

—Podemos construir un establo aquí, —ofrece Darius.

—Eso significa... —dice Bern, y Canyon termina su oración, —¿te quedarás?

Levanto las cejas mirando a Darius.

—Depende de ti. —Él busca mi mano—. Si eso quieres, estoy listo para volver a casa.

Sonrío.

—Estoy dispuesta. Y más que dispuesta. Este lugar se sintió como un hogar ni bien llegué.

—Iujuuu, —festeja Hutch y cuando Starlight da un paso atrás, nerviosa, todos lo callamos.

—Siii, —susurran los otros dos trillizos. Uno de ellos usa el movimiento más pequeño posible para levantar el puño en el aire.

Caminamos a la increíble cabaña digna de *Architecture Design* de Teddy y Lana, la cual tiene parades de ventanas que dan al bosque.

Wren sale al porche a darme otro abrazo-estrangulador.

—¡Hora de los panqueques! —Ella luce fresca y feliz y viva, tan diferente de como miraba a Thom o de cómo estaba en la escuela pupila. Es como si algo en ella despertara al morir Thom. O quizás sólo fue cuando llegó aquí. Es difícil creer que esté tan cómoda cuando acaba de pasar los últimos días y noches con totales desconocidos.

—Perdón, dormí tanto. ¿Has estado bien aquí? —La hermana mayor en mí todavía necesita cuidarla, aunque está claro que se siente genial.

—¡Nos encanta tenerla! —Lana llega desde la cocina y me da un abrazo de bienvenida.

—Sí, me encanta estar aquí, —dice Wren—. Creo que deberíamos quedarnos.

Me río y miro a Darius, quien sigue detrás de mí, se toma su trabajo de ser mi pareja-oso guardiana demasiado en serio.

—Eso es exactamente lo que estábamos pensando.

—¡Oh, bien! —Ella salta—. Porque ya les dije que no podrías vivir aquí sin Starlight y la fueron a buscar.

—¿Tú eres responsable por eso? —Mi rostro se siente como si pudiera partirse en dos por sonreír tanto. Es casi difícil contener tanta felicidad.

Sentir que todo puede ser tan perfecto.

—Sip. —La mirada Wren pasa por la puerta, como si buscara a uno o a todos los trillizos.

En ese momento, la puerta se abre de un golpe y Canyon, Bern, Hutch y Axel entran.

—¡Panqueques, panqueques, panqueques! —Cantan los tres trillizos. Hasta en la casa gigante de Lana y Teddy, su presencia llena el espacio.

—Acomódense, —ordena Matthias. Él está sentado en el sofá, leyendo un libro. Ni siquiera tiene que levantar la vista y los trillizos se calman.

Noto que Wren tiene energía adicional cuando se pavonea hacia la cocina.

—Están listos, ¡vengan y siéntense!

Teddy sale de la cocina con un plato de panqueques apilados más alto que su cabeza. Los trillizos empiezan a festejar.

Darius y yo los seguimos hasta el comedor gigante y nos sentamos. Un momento después, una sombra cae sobre mí. En la ventana se asoma un oso marrón claro gigante.

Everest.

Está sobre sus patas traseras con las patas apoyadas en la ventana. Su nariz negra mancha el vidrio.

Teddy apoya los panqueques y le hace una seña al oso.

—Bájate.

El oso mueve la cabeza hacia un lado. Aunque es gigante, sus pequeñas orejas redondas son adorables.

—Awww, tiene hambre. —Wren apoya un plato con diferentes sabores de jarabes y una olla con el fóster de banana que hizo porque es mi favorito. Se sienta a mi lado.

—No puedes entrar, —lo reta Teddy a Everest—. No en forma de oso a la casa.

—Everest, —dice Matthias con tranquilidad.

Everest sale de nuestra vista. No sé cuándo me acostumbraré a ver un oso gigante sólo pasando el rato dentro de una casa. O en un campo de rugby.

—¿Alguna vez lo conoceré en forma humana? —murmuro.

Darius estira el brazo por el respaldo de mi silla.

—Es tímido. Somos opuestos. Nunca dejo salir a mi oso. Él está en forma de oso todo el tiempo.

—Necesita acostumbrarse a ser hombre, —dice Teddy con una expresión infeliz mirando a Matthias, quien está sentado a la cabeza de la mesa.

Matthias asiente.

—Estamos trabajando en eso.

—Intentamos imponer la regla de «no entrar en forma de oso a la casa» antes de que llegue el bebé, —nos susurra Lana. Ella se acaricia la panza redonda y se muerde el labio. Luce un poco culpable al ver a Everest caminar hacia el bosque.

—Una buena regla, —dice Darius, apilando panqueques

en mi plato y el de Wren—. Hubiera evitado que Teddy y yo destrozáramos nuestras cuchetas tres veces.

—Nosotros también, —dice Hutch con la boca llena de comida.

Axel le da un codazo.

—No hables con la boca llena.

—Recuerdas esa navidad, —empieza Bern y Canyon se ríe, interrumpiendo para decir,

—Pensamos que encontraríamos a Santa bajando por la chimenea...

—Y destrozamos el cemento que sostenía las piedras, —Hutch termina la historia. Los trillizos y Axel se mueren de la risa. Hasta Matthias se ríe.

Hutch se pone serio.

—Destruyó la integridad estructural de la cabaña y tuvimos que mudarnos.

—Sí, buenos momentos, —dice Canyon y los otros trillizos lo codean.

Teddy se frota el rostro con una mano.

—No me sorprende que nuestra madre esté hibernando.

Miro rápido a Darius, pero él sonríe, su rostro está tranquilo. Ya no lo atormentan las historias de su oso y el de sus hermanos fuera de control.

Después de desayunar, Darius y yo salimos a caminar. Wren y los trillizos nos siguen, llevan canastas de picnic llenas de panqueques. En unos minutos, se separan para encontrar a Everest.

Darius y yo caminamos de la mano por un sendero gastado. El bosque es pacífico, con pájaros que cantan y vuelan de árbol en árbol. Hay un dejo ahumado en el aire frío. Viene el invierno. Ya casi es Acción de gracias.

Tengo mucho que agradecer. Mi familia está a salvo. Wren, Starlight y tendré la libertad que siempre anhelé, además del amor y el apoyo de una nueva familia. El desayuno de esta mañana fue probar el caos gentil de estar rodeada por tantos osos ruidosos y lo disfruté. Wren también. Ella ya se siente en casa aquí.

Además es lindo saber que si alguien nos amenaza, los osos harían que nuestros enemigos fueran carne picada.

—¿Entonces estás bien con esto? —Darius interrumpe el silencio—. ¿Con quedarnos en la montaña Osos Malvados?

—Justo estaba pensando que este lugar es un paraíso. Aire fresco, vistas hermosas. Un vikingo sensual en mi cama. —Inclino la cabeza—. ¿Qué hay de ti? ¿Extrañarás Nueva York?

Él resopla. Creo que parte de él empieza a aceptar cuánto ama a su familia y su hogar. Cuánto pertenece aquí.

—En realidad no. La mayoría de mis empleados trabajan remoto. Podría dejar de rentar mi oficina y el pent-house mañana. Ni siquiera tengo cosas que empacar.

—Nunca fue tu hogar realmente, —digo.

—No.

Me quedo callada un par de pasos, lo proceso.

—Nada evitar que visitemos.

—Sí, eso me gustaría. Sí tengo algunos amigos a los que me gustaría que conocieras. Sully, el tipo que nos ayudó a llegar la casa segura, es uno de ellos. Pero creo que pertenezco en la montaña.

Sonrío, pero luego tengo una idea.

—¿Qué hay de Lockepoint?

—Tengo gente averiguando. La propiedad de Thom está comprometida con prestamistas. Y por lo que vio Kylie con su hackeo, mucha de su riqueza fue donada a un par de empresas privadas dedicadas a la conservación.

—¿Como... conservación para salvar a la tierra?

Su expresión se vuelve sombría.

—Pensamos que en realidad son empresas fantasma de los Venatores.

Un escalofrío me recorre. Los Venatores siguen allí afuera. Siguen siendo una amenaza.

—Tú y Wren están a salvo aquí, —dice Darius.

—Lo sé. Gracias. Este probablemente sea el lugar más seguro en el mundo para nosotras.

—Seguiremos investigando. Pero en lo que respecta a Lockepoint... no sé si tú y Wren tendrán una herencia.

Me encojo de hombros.

—Está bien. No necesitamos ese dinero sangriento. Podemos ganar el nuestro. —Aprieto su mano—. Sigo esperando una invitación oficial para trabajar en *Mountain Top Investments*.

Darius se queda helado.

—¿Harías eso? ¿Trabajarías para mí?

Lo miro.

—Por supuesto. Me gusta la bolsa. Sólo no quiero ser la esclava de nadie.

—Entonces considera esta como tu propuesta oficial. ¿Qué te parece ser dueña del cincuenta por ciento?

—Perfecto. Dejo que me tome en sus brazos y me dé un beso.

—Te amo, pequeña *dove*, —murmura justo antes de reclamar mi boca.

—Te amo, mi oso vikingo. —Le devuelvo el beso.

* * *

¡No se preocupen, no terminó! *Lean un epílogo especial sobre el baby shower de Lana, con Lana, Paloma, Wren y algunos invitados de Taos. Y, por supuesto, los osos malvados.*

Epílogo

Paloma

El día del *baby shower* de Lana es otoñal y hermoso. Darius y yo subimos temprano para ayudar, pero Lana contrató a todo un equipo de planificación, así que cuando llegamos hay todo un buffet de brunch preparado sobre la mesa y una gran carpa con mesas listas afuera.

Hay un arco de globos de colores y manteles decorados con arcoíris que se sostienen de ambos lados con pequeños osos marrones.

¿No hay rosa y celeste pastel? —Provoco a Lana. Ella lleva un conjunto azul-violeta con algunas trenzas azules haciendo juego entre sus mechones rosa claro.

—Quería todos los colores. Teddy quería marrón, por su oso, así que los osos marrones son para él.

Los que planearon la fiesta han desaparecido, pero igual acallo la voz.

—¿Crees que el bebé será transformista?

—Teddy dice que es probable, —dice Lana, y Teddy aparece como si lo hubiéramos llamado. Camina hasta estar junto a su pareja y se inclina para darle un beso en la cabeza.

—Apuesto a que nuestros hijos serán todos osos.

—¿Osos marrones? —Le pregunto—. ¿Como tú y Darius?

—Sí. Teddy no podría sacar más pecho si lo intentase.

—Aunque Everest espera que el bebé tenga un oso que sea una cruza entre oso gris y polar, como él.

—¿Eso es genéticamente posible?

—No, —dicen Teddy y Lana al unísono.

—¿Se lo explicarán a Everest?

Teddy sólo suspira.

La forma de oso de Everest se mueve entre las mesas. Supongo que Lana se aseguró de que la fiesta fuera afuera para que pudiera venir.

Le menciono esto a Darius y él asiente.

—Tendremos una reunión familiar pronto para hablarle sobre cambiar a su forma humana. Creo que ha estado viviendo de la tierra como un oso.

Quiero preguntarle más, pero llegan los invitados de Lana. Ella tuvo una gran fiesta en LA para que asistieran las celebridades que son sus amigos, así que esta es para amigos y familia transformista.

Al lado de Darius, es casi demasiado que procesar, hay tanto amor. Tanta unión. Después de diez años de soledad, de pronto lo tengo todo. Se siente como si mi corazón estuviera por explotar.

Hutch y Bern trajeron unas mujeres de Taos en helicóptero. Son parejas humanas de Rafe, Lace y Deke, los tipos que ayudaron a rescatar a Wren. Adele, Charlie y Sadie son todas amigas de Lana.

—¿Vienen los chicos? —Pregunta Lana, dándole un abrazo a cada mujer.

—Están cuidando a los niños, —dice Charlie. —Es un viaje sólo de chicas, ¡y no conducimos así que podemos beber!

Le ofrezco una sidra con alcohol y me agradece con un suspiro.

—Sí les envían sus felicitaciones, —dice Sadie. —Y Deke y Lance pelearon por quién les daría un portabebés de regalo. Tienen opiniones fuertes sobre los portabebés.

—¿Cómo están tus gemelos, Sadie? —Pregunta Lana.

—Nos despiertan a toda hora, —responde Sadie con una sonrisa cansada—. Ansel es un búho y Bonnie se despierta con el amanecer. Por suerte, Deke funciona bien durmiendo poco.

—¿Quieres algo de café? —Le ofrece Wren.

—¿O sidra con alcohol? —Sostengo mi bandeja.

—Qué hay de café con alcohol, —Dice Sadie.

—Esa es la actitud, —Acota Adele y todas reímos.

Después de un brunch alcohólico, pasamos a los regalos. Adele tiene una tienda de chocolates en Taos. Ella trajo regalos para todos, cajas doradas y blancas con ositos de chocolate. A Lana le encantan los libros que compramos para la habitación del bebé. Teddy y Darius ambos modelan diferentes tipos de portabebés, usando dos ositos de peluche como modelos de bebés.

A mis ovarios realmente le gusta ver a Darius sosteniendo un «bebé». Él nota que lo miro y sus ojos se ponen dorados. Miro para otro lado antes de darle ideas a su oso.

Wren se inclina hacia mí.

—¿Darius y tú me harán tía?

Le pego en el brazo bromeando.

—No por un tiempo. Queremos algo de tiempo juntos. Y quiero avanzar en mi carrera.

—Sólo digo, Darius sería un gran padre amo de casa.

La callo. Los hombres oso tienen una escucha muy refinada.

—No me tientes. Cuando levanto la vista de nuevo, me está apuntando con un ardor sensual y decido que si pone un bebé en mi antes de lo planeado, no me enojaré.

—¿Harás una revelación de género? —Le pregunta Charlie a Lana.

—Es muy pronto. Además, Bern pasó tres horas ayer explicando que hay más que unos géneros binarios. —Lana le sonríe al trillizo gótico. Él se aclara la garganta como si estuviera por dar una explicación y Hutch y Canyon lo toman para taparle la boca.

—Sí le pedí al doctor que nos diera unas fotos de la última ecografía, —dice Lana—. Todavía no las hemos visto. —Ella sostiene un sobre—. Teddy, ¿harías los honores?

Él toma el sobre y deja que un acordeón de imágenes en blanco y negro caigan casi hasta el suelo. Nos lleva unos segundos darnos cuenta de lo que vemos.

—Bebé uno, —Lana lee la etiqueta en la parte superior de la imagen. Hay un grupo de imágenes y luego otra etiqueta—. Bebé dos.

La mano de Teddy empieza a temblar. Lana toma la parte inferior de las fotografías. Todos miramos la tercera etiqueta.

—Bebé tres, —lee Darius.

Los ojos de Teddy se agrandan y sus labios están helados. Darius toma las fotografías y las acomoda en la mesa. Lana se acerca y pone las manos sobre su barriga.

—¿Eso significa...?

—Significa —dice Matthias, con unos modales impecables— que tendrán trillizos.

Hay una pausa de sorpresa.

—Siiii, —festejan los trillizos. Axel empieza a aplaudir lentamente.

Sadie tiene las manos en el rostro, se ríe descontroladamente.

—Felicitaciones, hermano. —Matthias golpea a Teddy en la espalda. Teddy se mueve un poco y Axel lo sostiene.

—No te preocupes. —Darius se acerca para abrazar a su gemelo—. Todos los cuidaremos.

—¡Sí! —concuerdan los trillizos.

Teddy luce como si estuviera a punto de desmayarse.

—No sé si agradecerles o decirles que se mantengan bien alejados de mis niños.

—Ven aquí. —Lana lo llama y él se acerca. Él se pone de rodillas frente a su silla y deja que su frente caiga contra la suya. Todos miramos a otro lado para darles un momento de privacidad.

—Está bien, Papa Oso, —murmura Lana—. Podemos con esto.

—Te amo, bebé. —La voz de Teddy está tensa.

Después de un largo minuto de besos, Matthias se aclara la garganta.

—Vamos, hermano. Tomemos algo. Y luego quizás todos los tíos podamos practicar poner pañales. —Él y Darius se llevan a un Teddy conmocionado.

Lana aplaude.

—¿Quién quiere ver la habitación de los bebés?

—Me arrepiento, —le susurro a Wren mientras seguimos a Lana—. Si en la familia hay gemelos y trillizos, será mejor que mantenga las piernas cerradas.

—Buena suerte con eso, —se ríe Wren.

Llega la tarde antes de terminar con la actividad final de la fiesta.

—Los hermanos prepararon un concurso de tartas de

calabaza, —anuncia Lana—. El ganador hará las tartas para Acción de gracias. Adele, ¿serás la jueza?

—Por supuesto. —Ella nos lleva hacia afuera a una mesa decorada con calabazas para mostrar las ocho tartas.

Matthias corre por el camino hasta las mesas con una gran sonrisa en el rostro. —Hermanos, hermanas, vengan. Vengan aquí, todos.

Me acerco a Darius y él pasa un brazo alrededor de mis brazos para acercarme. Juntos, caminamos adonde está Matthias.

Los trillizos lo ignoran hasta que se pone los dedos en sus labios y silba y luego todos levantan la cabeza. El los llama.

Axel, Everett, y los trillizos se unen a Darius, Teddy, Lana y yo alrededor de Matthias.

—Tengo noticias, —dice Matthias, su voz es fuerte pero gentil—. Acabo de venir de la cabaña de mamá.

—¿Mamá? —Pregunta Teddy.

—Sí, —dice Matthias—. Eso es lo que quiero decirles a todos. Mamá está despierta.

* * *

Esperamos que hayan disfrutado del Reclamo del alfa y de la historia de Darius y Paloma. Si así fue, valoramos su reseña. Hacen una gran diferencia para los autores indie.

Si todavía no han leído el libro de Teddy y Lana (El rescate del alfa), hagan clic aquí.

Para el libro de Jackson y Kylie (La tentación del alfa), hagan clic aquí.

¡Y no se pierdan todas las parejas de Taos en nuestra serie de transformistas!

Con amor de los gruñones osos hermanos,
Renee & Lee

Hagan clic aquí para leer una historia **ADICIONAL** de unas vacaciones cortas: Un día de acción de gracias con osos malvados.

Libro Gratis - La virgin y el vampiro

Quiere un libro gratis de Renee Rose y Lee Savino? Suscríbete a su newsletter para recibir **La virgin y el vampiro** y otro contenido especialmente bonificado y noticias de nuevos. https://BookHip.com/XJPQQXK

Libro Gratis de Renee Rose

Quiere un libro gratis de Renee Rose? Suscríbete a mi newsletter para recibir **Padre de la mafia** y otro contenido especialmente bonificado y noticias de nuevos. https://BookHip.com/NCVKLK

Otros Libros de Renee Rose

Hombres lobo de Wall Street

Un Gran Jefe Malvado: Medianoche

Un Gran Jefe Malvado: Lunático

Un Gran Jefe Malvado: Marcada

Un Gran Jefe Malvado: Su pareja

Osos malvados

El reclamo del alfa

Vegas Clandestina

Rey de diamantes

Padre de la mafia

Sota de picas

As de corazones

El comodín del Loco

Su reina de tréboles

La mano del muerto

El comodín

Rancho Wolf

Áspero

Salvaje

Feroz

Rudo

Indomable

Implacable

Dos Marcas

Rebelde - GRATIS

Tentada

Deseada

Seducida

Alfas peligrosos

La tentación del alfa

El peligro del alfa

El premio del alfa

El reto del alfa

La obsesión del alfa

El deseo del alfa

La guerra del alfa

La misión del alfa

El tormento del alfa

El secreto de alfa

La presa del alfa

La sangre del alfa

El sol del alfa

La luna del alfa

El juramento del alfa

La venganza del alfa

El fuego del alfa

Alfa de Montaña

Héroe

Rebelde

Guerrero

Otros libros de Lee Savino

Saga Guerreros Berserker

Vendida a los Berserker

Emparejada con los Berserker

Raptada por los Berserker

Entregada a los Berserker

Reclamada a los Berserker

Alfas Peligrosos

La tentación del alfa

El peligro del alfa

El premio del alfa

El reto del alfa

La obsesión del alfa

El deseo del alfa

La Guerra del alfa

La Misión del alfa

El tormento del alfa

El secreto de alfa

La presa del alfa

La sangre del alfa

El sol del alfa

La virgen y el vampiro

Conoce a la autora

RENÉE ROSE, LA AUTORA BESTSELLER EN USA TODAY, ama los héroes dominantes, ¡los machos alfa que saben hablar sucio! Ha vendido más de un millón de copias de tórridas novelas románticas con diferentes niveles de sexo no convencional. Sus libros han sido presentados en el Happily Ever After de USA Today y en Popsugar. Nombrada en el Eroticon de los Estados Unidos como la Próxima Autora Erótica Top en 2013, ha ganado también como Autora Preferida en Ciencia Ficción y Antología Valiente y Atrevida y con la mejor novela romántica histórica en The Romance Reviews. Figuró catorce veces en la lista de USA Today con su serie Rancho Wolf y varias antologías.

**Suscríbete a mi newsletter para recibir contenido especialmente bonificado y noticias de nuevos lanzamientos en Español.

https://www.subscribepage.com/reneerose_es

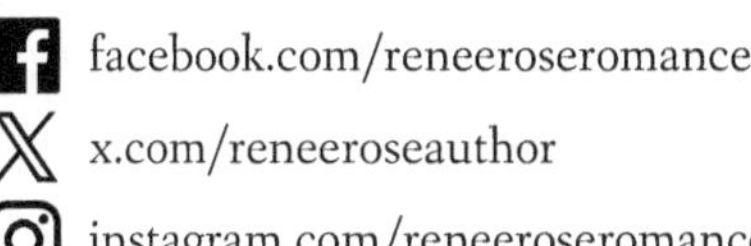

facebook.com/reneeroseromance

x.com/reneeroseauthor

instagram.com/reneeroseromance

Conoce a la autora

Lee Savino tiene objetivos grandiosos, pero la mayoría de los días no encuentra ni su cartera ni sus llaves, así que se queda en casa y escribe.

Mientras estudiaba escritura creativa en la Universidad de Hollins, su primer manuscrito ganó el premio Hollins de Ficción.

Lee vive en Estados Unidos, con su increíble familia.

Puedes conectar con ella en su sitio web, su grupo de lectores, y sus redes sociales.

www.ingramcontent.com/pod-product-compliance
Lightning Source LLC
Chambersburg PA
CBHW070522100726
47907CB00004B/943